बिहार के पर्व-त्योहार और खानपान

बिहार के
पर्व-त्योहार और खानपान

सुबोध कुमार नंदन

Vidya Vikas
ACADEMY
विद्या विकास एकेडेमी

प्रकाशक : **विद्या विकास एकेडेमी**
3637 नेताजी सुभाष मार्ग, दरियागंज, नई दिल्ली–110002
 • संस्करण : 2026 • मूल्य : चार सौ रुपए
मुद्रक : श्री साई प्रिंटर्स, साहिबाबाद ISBN 978-93-90825-18-9

BIHAR KE PARVA-TYOHAR AUR KHANPAN
by Shri Subodh Kumar Nandan ₹ 400.00
Published by **VIDYA VIKAS ACADEMY**
3637 Netaji Subhash Marg, Darya Ganj, New Delhi-110002

स्मृति शेष

परम पूज्य पिताजी

स्वर्गीय केदारनाथ शर्मा

को

एवं

स्वर्गीय ओ.पी. साह

(बिहार चैंबर ऑफ कॉमर्स एंड इंडस्ट्रीज के पूर्व अध्यक्ष)

और

स्वर्गीय मोतीलाल खेतान

(बिहार चैंबर ऑफ कॉमर्स एंड इंडस्ट्रीज के पूर्व अध्यक्ष)

के चरणों में सादर समर्पित

बिहार की पहचान : लजीज खानपान

अति प्राचीन काल से ही बिहार पूरी दुनिया को अपनी समृद्ध सांस्कृतिक विरासत और आध्यात्मिकता से आकर्षित करता रहा है। यहाँ के पर्व-त्योहार राज्य की समृद्ध और विविध संस्कृति का एक अभिन्न हिस्सा हैं। यहाँ मनाए जानेवाले पर्व-त्योहार राष्ट्र की मजबूत और समग्र सांस्कृतिक विरासत के प्रतीक हैं। यही कारण है कि प्राचीन काल से पर्व-त्योहारों की एक समृद्ध परंपरा बिहार में अनवरत कायम है। यूँ कहें तो बिहार पर्व-त्योहारों की पवित्र भूमि है। यहाँ के लोग हर दिन कोई-न-कोई पर्व-त्योहार मनाते हैं। यहाँ के लोग पर्व-त्योहारों में अपनी मातृभूमि की परंपरा और संस्कृति की सोंधी खुशबू को ऊर्जावान बनाए रखने के लिए पूरी निष्ठा और श्रद्धा रखते हैं। सभी धर्मों के लगभग सभी पर्व-त्योहार यहाँ समान धार्मिक भावना और उत्साह के साथ मनाए जाते हैं। पर्व-त्योहार विभिन्न धर्मों की आत्माओं को जोड़ते हैं और उन्हें उत्सव के रंग में भरते हैं। यहाँ हिंदू, मुसलिम, सिख, ईसाई, जैन, सिंधी, मारवाड़ी और अन्य समुदायों के धार्मिक पर्व-त्योहार देश-दुनिया में प्रसिद्ध हैं। यहाँ मनाया जानेवाला सबसे लोकप्रिय और महत्त्वपूर्ण पर्व छठ है, जहाँ सभी लोग घरों से लेकर नदी किनारे तक जाते हैं और इस चार दिवसीय पर्व को मनाने के लिए लोग अपनी पवित्र भूमि अवश्य पहुँचते हैं। पर्यावरण की समृद्धि से सराबोर इस पर्व की धूम अब बिहार से बाहर तक पहुँच चुकी है और छठ पूरे देश में लोकप्रिय हो गया है, जोकि बिहार का सूर्योपासना का सबसे बड़ा पर्व है। समा-चकेवा एक और मुख्य त्योहार है, जो विशेष रूप से मिथिला में मनाया जाता है। बिहार में मनाए जानेवाले अन्य प्रमुख पर्व-त्योहारों में होली, दशहरा, दीपावली, भाई दूज, मकर संक्रांति, रक्षाबंधन, नागपंचमी, जिउतिया, गोधन, देवोत्थान, बरना पर्व, बिहुला-विषहरी, तीज, करमा-धरमा, विशुआ (सतुआनी), घांटो-घंटेसर, गणगौर, हटड़ी, पर्युषण पर्व, बुद्ध जयंती, मुहर्रम, गुड फ्राइडे और क्रिसमस हैं। सिखों के दसवें गुरु गोबिंद सिंहजी की जन्मस्थली होने के कारण पटना में उनका जन्मोत्सव बड़े हर्षोल्लास के साथ मनाया जाता है। बिहार में पूरे श्रावण महीने में पर्वमय माहौल बना

रहता है। लगभग सभी जिलों के शिव-शंकर के मंदिर एक धाम के रूप में चर्चित हो जाते हैं, जो भक्तों से नित्य गुलजार रहते हैं। अंग्रेजी नए साल में चूड़ा-दही या दूसरे शब्दों में खिचड़ी पर्व, कहने का आशय मकर संक्रांति के बाद बसंत पंचमी की धूम भी पूरे बिहार में चहुँओर देखी जा सकती है। माँ शारदे आराधना के इस दिवस में बच्चे से लेकर बड़े सभी नवउत्साह के साथ बसंती पर्व में रँग जाते हैं। पर्व-त्योहार की बात हो और खानपान का जिक्र न हो तो यह बेमानी है। बिहार की धरती पर मनाए जानेवाले सभी पर्वों के साथ कुछ अलग खानपान जुड़ा है, जो यहाँ की पाकशाला से जुड़े शौकीनों को मुखरित करता है। मकर संक्रांति को यहाँ संक्रांति कहा जाता है और उसके ठीक दूसरे दिन मक्रांति को कुल्थी की दाल और विभिन्न तरह की सब्जी व मसालों के साथ शुद्ध घी की खुशबू से सराबोर बेहतरीन खिचड़ी खाने का रिवाज है, बिहार की सभी संस्कृतियों में, कहने का आशय चाहे वह भोजपुरी हो, चाहे मगही, चाहे मैथिली, चाहे अंगिका, चाहे बज्जिका… सभी जगह भोजन में हरेक समय के मुताबिक साग, चोखा और चटनी की अपनी पहचान है। यह खासियत कहिए कि दक्षिण भारतीय भोजन में जहाँ खट्टे की प्रधानता है तो उत्तर भारतीय भोजन में अलग-अलग राज्यों के अलग-अलग स्वाद हैं, लेकिन बिहार में यहाँ के निवासियों के द्वारा खट्टा, मीठा, तीखा, नमकीन और अन्य किस्म के स्वाद, सबका मजा लिया जाता रहा है। यहाँ पर्व विशेष के अवसर पर, खासकर होली, दुर्गा-पूजा आदि के समय मालपुआ बनाने की भी परंपरा है, जो चीनी की चाशनी के साथ और बगैर इसके भी बनाया जाता है। साथ-ही-साथ मैदे की मिष्टान्न 'गाजा' भी बिहार में प्राय: सभी घरों में बनाया जाता है। यहाँ छठ के लोहंडा तिथि की खीर भी पूरे देश में चर्चित है, जो सिर्फ दूध के साथ चावल पकाकर बनाई जाती है। वैसे तो बिहार अपनी समृद्ध धर्म, संस्कृति, इतिहास, पहनावा, रीति-रिवाज के लिए जाना जाता है, लेकिन केवल यही इस राज्य की खासियत नहीं है, बल्कि और बहुत कुछ है, जो सूबे को और भी प्रसिद्ध बनाता है। इनमें से एक है यहाँ का खानपान। हर राज्य का अपना एक अलग और विशेष खानपान तथा स्वाद होता है, जिसमें झलकती है वहाँ की संस्कृति तथा वहाँ के लोगों का रहन-सहन और उसके साथ लोकाचार। बिहार के लोग शाकाहारी और मांसाहारी का बराबर शौक रखते हैं। यहाँ के हर जिले और शहर में आपको कोई-न-कोई ऐसा खास व्यंजन मिलेगा, जो अन्य जगहों से अलग होगा। यहाँ हर शहर-गाँव के साथ खाने का स्वाद बदलता है। हर शहर-गाँव के अलग स्पेशल व्यंजन हैं, जो आपको देश के और किसी कोने में नहीं मिलेंगे। फिर वह गया का तिलकुट हो, सिलाव का खाजा, बाढ़ की लाई, निश्चलगंज का पेड़ा। पकरीबरावाँ की बरा मिठाई, उदवंतनगर का खुराम, रजौली की बालूशाही, भागलपुर और नवगछिया का घेवर, पटना की खुरचन, टिकारी का गुड़ तिलकुट, बक्सर की सोन पापड़ी, पंचानपुर का गलफाड़ रसगुल्ला, भोजपुर का लिट्टी-

चोखा, बड़हिया का रसगुल्ला, भभुआ की सोन पापड़ी, शेरघाटी का प्याव हो… हर शहर में आपको कुछ अलग, स्वादिष्ट और अनोखा व्यंजन जरूर मिलेगा। लेकिन इनके अलावा भी कुछ ऐसे लाजवाब व्यंजन हैं, जिनका जिक्र आपने कम ही सुना होगा या सुना ही नहीं होगा। ये ऐसे व्यंजन हैं, जो कुछ खास समाज में ही प्रचलित हैं, जो दुकानों और रेस्टोरेंट्स में नहीं मिलते। तभी तो बिहार आनेवाला यहाँ की धरोहरों के साथ यहाँ के खानपान को कभी भूल नहीं पाता।

दो शब्द

'बिहार के पर्व-त्योहार और खानपान' परंपरागत विषयों पर अपरंपरागत रूप से लेखन के क्रम में मेरी यह चौथी पुस्तक है। इसे सुधी पाठकों के समक्ष प्रस्तुत करते हुए मुझे अपार हर्ष की अनुभूति हो रही है। मेरा हमेशा से यह प्रयास रहा है कि कुछ विषयों पर लीक से हटकर कोई काम किया जाए, विशेषकर वैसे विषयों पर, जिन पर अभी तक कोई खास काम न हुआ हो, उसी सिलसिले में यह मेरा चौथा प्रयास है।

वैसे तो पर्व-त्योहार और खानपान पर छिटपुट जानकारी विभिन्न पुस्तकों में मिल जाती है, लेकिन इस पुस्तक के माध्यम से देश-दुनिया को बिहार के पुरातन काल से चली आ रही पर्व-त्योहारों और खानपान की परंपराओं को बताने का प्रयास किया गया है। बिहार में कई ऐसे पर्व-त्योहार हैं, जिनके प्रति आस्था पूरे विश्व में फैले भारतीय, विशेषकर बिहारी और यहाँ तक कि विदेशी मूल के लोगों में भी है। इसी तरह खानपान के मामले में भी बिहार का कोई मुकाबला नहीं है। यहाँ भाषा और पानी की तरह खानपान भी हर इलाके में बदल जाता है। हर क्षेत्र का अपना स्वाद है और बनाने का उनका अपना तौर-तरीका भी अलग-अलग है। इसलिए इस पुस्तक को लिखने के क्रम में कई क्षेत्रों का भ्रमण करना पड़ा और वहाँ के लोगों से बातचीत करनी पड़ी। इस कार्य में दस साल का वक्त लग गया। इस दरमियान अनेक खट्टे-मीठे अनुभव हुए।

पुस्तक के लिए तथ्य जुटाने में हर मजहब के विद्वानों, प्रमुख लोगों, पत्रकार मित्रों और जनसाधारण का भी सहयोग मुझे मिला है और साथ ही, आवश्यक सामग्रियों को इकट्ठा करने के लिए मैंने अनेक अन्य स्रोतों का भी सहारा लिया है। मैं उन सबके प्रति हार्दिक आभार प्रकट करता हूँ। उन सबसे प्राप्त सूचनाओं, सुझावों और मार्गदर्शन के कारण ही यह पुस्तक वस्तुपरक और जनोपयोगी बन सकी है।

बिहार इंडस्ट्रीज एसोसिएशन के पूर्व अध्यक्ष के.पी.एस. केशरीजी ने मेरी पहली पुस्तक 'बिहार के पर्यटन स्थल और सांस्कृतिक धरोहर' पढ़ने के बाद, लगभग दस साल पहले बिहार के व्यंजन पर भी पुस्तक लिखने का सुझाव मुझे दिया था। उस पर

अभी काम कर ही रहा था कि उसी बीच बिहार चैंबर ऑफ कॉमर्स के अध्यक्ष पी.के. अग्रवालजी ने खानपान के साथ सूबे के पर्व-त्योहार को भी शामिल करने का सुझाव दिया। उनके उन महत्त्वपूर्ण और उपयोगी सुझावों को भी मैंने अपने लेखन में शामिल कर लिया। फलस्वरूप यह पुस्तक बहुआयामी हो गई।

इस पुस्तक को लिखने में जिन महानुभावों ने मुझे प्रेरणा दी, मेरा मनोबल बढ़ाया और स्नेहपूर्ण मार्गदर्शन किया, उनमें श्री जितेंद्र कुमार ज्योति, श्री आशुतोष आर्या (बिहार शरीफ), श्री इमरान सगीर (उर्दू के वरीय पत्रकार), पं. विनय कुमार (शिक्षक), श्री नवीन चंद्र मनोज, श्री राजेश शर्मा, श्री सुनील सौरभ (पत्रकार), डॉ. रवि कुमार सिन्हा 'रवि' (साहित्यकार, गया), श्री अशोक प्रियदर्शी (वरिष्ठ पत्रकार, नवादा), श्री गणेश कुमार मेहता, श्री कंचन किशोर, श्री अरशद रजा हाशमी (वरीय पत्रकार), श्री रमेश चंद्र तलरेजा, श्री बिंदु प्रसाद कर्ण, श्री शिवशंकर सिंह पारिजात (इतिहासकार और लेखक), श्री अरविंद महाजन, (पूर्व उप-निदेशक, कला-संस्कृति विभाग), साजिद परवेज, सी.ए. राजेश कुमार खेतान, श्री श्रीलाल प्रसाद 'अमन' (पूर्व राजभाषा-प्रमुख, पी.एन.बी.), दीपक कुमार विश्वकर्मा (वरीय पत्रकार, बिहार शरीफ) और जगजीवन बादशाह (निदेशक, बादशाह अगरबत्ती इंडस्ट्रीज) विशेष रूप से उल्लेखनीय हैं।

मैं इन सबके प्रति हृदय से कृतज्ञता ज्ञापित करता हूँ। माँ शोभा रानी शर्मा तथा पिताजी श्री केदारनाथ शर्मा के आशीर्वाद के बिना यह कार्य संभव ही नहीं हो पाता। जीवनसंगिनी किरण नंदन ने तो पुस्तक लेखन के दौरान न केवल मेरा उत्साहवर्धन किया, बल्कि हर कदम पर पूरा साथ भी दिया।

पद्मश्री के.के. मोहम्मद (पूर्व निदेशक, भारतीय पुरातत्त्व सर्वेक्षण) श्री रामलाल खेतान (पूर्व अध्यक्ष, बिहार इंडस्ट्रीज एसोसिएशन), डॉ. अमित कुमार (जनरल फिजिशियन), सुश्री वीणा कुमारी (मुख्य प्रबंधक, इंडियन ऑयल कॉरपोरेशन, बिहार-झारखंड), अजय कुमार (संपादक, बिहार, प्रभात खबर), रजनीश उपाध्याय (स्थानीय संपादक, प्रभात खबर, पटना), श्री मनोज कुमार, (पोस्ट मास्टर जनरल, बिहार सर्किल), श्री पवन कुमार, निदेशक डाक सेवाएँ (बिहार सर्किल), राजदेव प्रसाद (वरीय डाक, अधीक्षक, पटना प्रमंडल), श्री इसलाम शाही भागलपुरी (उर्दू साहित्यकार), रानी सुमिता (साहित्यकार), श्री रामानुज गौतम (गृह मंत्रालय), श्री पराग जैन (अध्यक्ष, बिहार स्टेट दिगंबर जैन तीर्थक्षेत्र कमेटी), डॉ. सैयद हुमायूँ अख्तर (खानकाह शाह अरजानी), फादर जोकिम (फुलवारी शरीफ चर्च) के साथ-साथ मैं मित्र सुश्री रूबी सिन्हा, सुश्री आभा कुमारी, श्री उमाशंकर सिंह, श्री विजय कुमार, धर्मेंदू प्रियदर्शी (समाचार वाचक) और श्री अमरनाथ प्रसाद (अंतरराष्ट्रीय कमेंटेटर) का भी आभारी हूँ, जिन्होंने मेरे

मनोबल को हमेशा ऊँचा बनाए रखा। श्री अमृत जय किशन, श्री सरोज कुमार, श्री जे.पी. वर्मा, श्री आशीष गुप्ता जैसे वरीय छायाकारों के सहयोग से पुस्तक की अहमियत बढ़ गई है। इन लोगों के प्रति हार्दिक आभार। पुस्तक लिखने में मैंने हर पहलू का ध्यान रखा है, ताकि किसी की भी मान्यता और धार्मिक भावना को किसी भी तरह से ठेस न पहुँचे, फिर भी, यदि कोई त्रुटि हो गई हो या कोई कमी रह गई हो तो मैं इसके लिए उनसे क्षमा-प्रार्थना करता हूँ और यह अनुरोध भी करता हूँ कि उस संबंध में मुझे अवगत अवश्य कराएँ और मेरा मार्गदर्शन भी करें।

—सुबोध कुमार नंदन

अनुक्रम

पर्व-त्योहार

खान-पान

पर्व-त्योहार

महापर्व छठ

मनुष्य सूर्य को सृष्टि का संचालक, प्राणिमात्र का रक्षक और मानव जीवन का प्रहरी मानकर विविध रूपों में उनकी आराधना व उपासना करने लगा। आज हम जिस रूप में भगवान् सूर्य की पूजा-अर्चना करते हैं, वह हजारों वर्षों के सांस्कृतिक विकास का ही मंगल स्वरूप और प्रतीक है। यूँ तो सूर्य की पूजा पूरे विश्व में होती है, लेकिन बिहार में श्रद्धा, भक्ति तथा उत्साह के साथ सूर्य की उपासना छठ व्रत के रूप में की जाती है, जिसे बिहार का 'महापर्व' कहा जाता है। सूर्य षष्ठी, प्रतिहार षष्ठी, डाला छठ और छठ व्रत जैसे नामों से जाना जानेवाला यह महापर्व कार्तिक और चैत्र मास के शुक्ल पक्ष की षष्ठी तिथि को सूर्य की आराधना के रूप में मनाया जाता है। यह व्रत चार दिनों तक लगातार चलता है। यह प्रदेश के लोकजीवन का एक अनिवार्य दायित्व समझकर भी निभाया जाता है। यही वजह भी है कि अब छठ को पर्व के दायरे से बाहर निकाल महापर्व कहा जाने लगा है। इस महापर्व में विश्व शांति, पारिवारिक सुख-समृद्धि एवं लोक-मंगल के लिए भगवान् सूर्य की उपासना की जाती है। महापर्व छठ बिहार के अलावा पश्चिम बंगाल, झारखंड, मध्य प्रदेश, उड़ीसा, उत्तर प्रदेश, दिल्ली, मुंबई से बाहर अब मॉरीशस, फिजी, गुयाना अमेरिका, वियना जैसे देशों में भी मनाया जाता है, यानी आज यह विश्वव्यापी हो गया है। इस महापर्व में चली आ रही लोक-परंपरा से संबंधित मगही, मैथिली और भोजपुरी लोकगीतों में छठी मैया की महिमा सर्वत्र दृष्टिगोचर होती नजर आती है और इसी

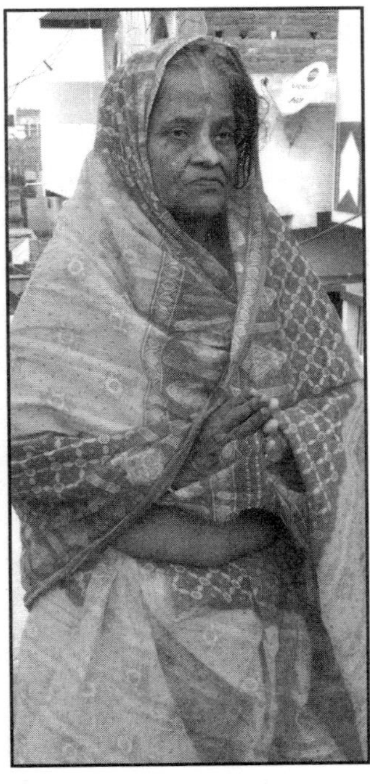

दृष्टि से यह महापर्व व्यक्तिगत आस्था, अखंड विश्वास तथा असीम श्रद्धा का पवित्र रूप लेकर भारतीय संस्कृति का प्रतीक बन गया है।

सूर्य षष्ठी पर्व में सूर्य की उपासना दो बार की जाती है। प्रथम बार डूबते हुए सूर्य की और दूसरी बार उगते हुए सूर्य की, जो इस कहावत को भी नजरअंदाज करता नजर आता है कि 'उगते हुए सूर्य को ही सभी नमन करते हैं, डूबते हुए को कोई नहीं।' यानी मनुष्य में, जिसकी भावना की ऊँचाई अनंत की ओर अग्रसर होती है, तो उसका सम्मान सभी लोग करते हैं, जिसका भाग्य गर्त में डूबा होता है, उसकी ओर कोई देखता तक नहीं। अत: छठ पर्व से पहली प्रेरणा यही मिलती है कि किसी के अंत:करण या बाह्यकरण पर सुख और दु:ख की छाया रहे तो उसका साथ निभाना चाहिए।

घर–बाहर छठ से संबंधित लोकगीत 'दिन–रात दर्शन दीहीं ना अपार ए गंगा मइया, काँचे की ही बाँस के बहंगिया, बहंगी लचकत जाया, अंधरा के आँख दीहीं, कोढ़ियन के काया' आदि से संपूर्ण बिहार गुंजायमान हो उठता है। यह व्रत बहुत व्यापक और विस्तृत तौर पर होता है और इसे सभी जाति के लोग संपूर्ण निष्ठा और लगन से मनाते हैं। इस व्रत में समाज के बड़े–बड़े धनी और समृद्ध वर्ग तथा छोटे तबके से लेकर मजदूर वर्ग के लोग भी अपने हर्षोल्लास को छुपाते नजर नहीं आते हैं। इसका मुख्य कारण है— इस पूजा में किसी भी तरह के भेदभाव का न होना। देश के विभिन्न प्रांतों में बसे बिहार के लोग इस लोक महापर्व को मनाने के लिए अपनी जन्मभूमि लौट चलने को आतुर होते हैं। सबसे आश्चर्य की बात यह है कि इस महापर्व को केवल हिंदू संप्रदाय की महिलाएँ व पुरुष ही नहीं मनाते हैं, बल्कि मुसलिम संप्रदाय की महिलाएँ व पुरुष भी उसी आस्था व पवित्रता से मनाते हैं। पटना, भागलपुर, बक्सर आदि स्थानों पर खासकर नदियों के किनारे रहनेवाले व्रती छठ करते हैं। इस पर्व में लोगों की इतनी आस्था है कि आर्थिक स्थिति अच्छी न रहने पर भी कुछ लोग माँगकर इस पर्व को निष्ठा व नियम से करते हैं। छठ पर्व ही संभवत: देश में एकमात्र ऐसा त्योहार है, जब महिलाएँ ईश्वर से बेटी होने का वरदान माँगती हैं। संकल्प लेने के बाद महिलाएँ छठी मइया के आगे आँचल फैलाकर

गाती हैं—'रुनुकी-झुनकी मांगीला, पढ़ल पंडीतवा दामाद…'

छठ व्रत की शुरुआत कार्तिक और चैत्र में शुक्ल पक्ष की चतुर्थी तिथि से प्रारंभ हो जाती है और सप्तमी तक चलती है। नहाय-खाय के दिन स्नानादि के बाद कद्दू, चना दाल और अरवा चावल से बने प्रसाद को व्रती केवल एक बार दिन में भोजन करती हैं। भगवान् भास्कर को अर्पित करने के बाद इस प्रसाद को ग्रहण किया जाता है। प्रथम दिवस का प्रसाद ग्रहण कर व्रती छठ पर्व को पवित्रता से मनाने का संकल्प लेती हैं। इसमें चने की दाल और कद्दू को विशेष महत्त्व दिया जाता है। इसे प्रचलित भाषा में 'नहाय-खाय' कहते हैं। अगले दिन की तिथि को पंचमी या लोहंडा कहते हैं, जिसका अर्थ अरवा चावल है। इस दिन व्रती दिन भर बिना जल ग्रहण किए उपवास रखने के बाद सूर्यास्त होने पर पूजा करती हैं। इससे पहले व्रती दूध में गुड़ (शक्कर) डालकर चावल की खीर और गेहूँ के आटे की रोटी बनाकर सूर्य भगवान् को प्रसाद का भोग लगाती हैं। एक थाली में सिंदूर और घी घोंटकर उससे सूर्य चौका बनाकर उस पर कलश रखकर घर में व्रती शांत, एकांत और निःशंक निशा में भगवान् भास्कर का ध्यान कर केले के पत्ते पर घी लगी रोटी और गुड़ की खीर, केला, पान, सुपारी, धूप, पुष्पादि अर्पित कर संपन्न करती हैं। उसके बाद ही दूध और गुड़ से बनी खीर तथा रोटी खाती हैं। इसे 'खरना' कहते हैं, जिसका कार्यक्रम चंद्रमा देखने के बाद होता है। खरना के बाद व्रती सबको टीका लगाती हैं। प्रसाद को पीतल की थाली में रखकर बाँटती हैं। व्रती जिस कपड़े को पहनकर खरना करती हैं, उसे 'पलटा' कहते हैं। ऐसी मान्यता है कि पंचमी के सायंकाल से ही घर में छठी देवी का आगमन होता है। जब तक चाँद नजर आता है, तब तक पानी पीती हैं और उसके बाद उनका 36 घंटे का निराहार व्रत शुरू होता है। लोहंडा के प्रसाद का बड़ा महत्त्व है। लोग माँगकर भी इस प्रसाद को ग्रहण करते हैं। पूजा के दौरान सभी प्रसाद आम की शुद्ध लकड़ी से मिट्टी के बने चूल्हे पर ही बनता है। सूर्य की उपासना के इस महापर्व का प्रसाद 'ठेकुआ' है, जिसे व्रती या घर की महिलाएँ पूरी शुद्धता और पवित्रता के साथ बनाती हैं। यह आटे एवं गुड़ के साथ शुद्ध घी से बनाया जाता है। ठेकुआ पर लकड़ी के साँचे से सूर्य भगवान् के रथ का चक्र भी अंकित करना अनिवार्य माना जाता है। महापर्व के तीसरे दिन यानी कि छठे दिन व्रती अस्ताचलगामी सूर्य को नदी और तालाबों में घंटों खड़े होकर प्रथम अर्घ्य अर्पित करती हैं। सभी व्रती नए वस्त्र पहनकर घर के सदस्यों के साथ फल-पकवान से भरे नए बाँस के सूप और दउरा के साथ छठ मइया के गीत गाती घर से बाहर निकलती हैं। घर से जब स्त्रियाँ निकलती हैं तो उस समय वे निम्न गीत गाती हैं—

'काँच ही बाँस के दउरवा, दउरा नई-नई जाय/केरवा के भरल दउरवा, दउरा नई-नई जाय/हो खना कवन राम कहरिया, दउरा घाटे पहुँचाई/बाँट जे पूछेंला

बटोहिया, इ दउरा केकरा के जाय/ते ते आंहर बाड़े रे बटोहिया, इ दउरा छठी मइया के जाय।

यहाँ पर नारी के लिए यह सबसे बड़ा त्याग परिलक्षित होता है कि वह अपने पति को गिरवी रखकर छठी माता की पूजा करने के लिए तैयार है। वह दो-दो सूप से अर्घ्य देने का प्रण करती है। इससे व्रत की महिमा और उसकी लोकप्रियता प्रकट होती है और फिर एक गीत में एक पुत्रवधू अपनी सास से पूछ रही है कि माँजी! आपने कौन सी तपस्या की, जिसके फलस्वरूप आपको गणपति (मेरा पति) जैसा पुत्र प्राप्त हुआ, तो सास बतलाती है कि मैंने कार्तिक के महीने में रविवार का व्रत किया था और अगहन के महीने में रविवार का व्रत किया था। मैंने कभी भी अपने श्रेष्ठ लोगों को उत्तर नहीं दिया। उन्हीं की तपस्या से गणपति के समान चतुर पुत्र पाया।

इस दिन भगवान् सूर्य के अर्घ्य स्थल तक जाने का विशेष महत्त्व है। इस कार्य को पति, पुत्र या घर का कोई पुरुष सदस्य करता है। आम का पत्ता, मूली, लवंग, इलायची, सुथनी, अरुई, पान का पत्ता, कसेली, सुपारी, मिट्टी के ढक्कन, ईख, नारियल, केला, अदरक, कच्ची हल्दी की गाँठ, मौसमी फल आदि को सूप में सजाकर अर्घ्य दिया जाता है। वस्तुतः यह डलिया घर के अन्य सदस्यों के नाम से ही सूर्य को अर्पित की जाती है। प्रायः सभी में सिंदूर लगा होता है। सूर्य को अर्घ्य देने के बाद पलटा में सारे प्रसाद को रखकर, दीप जलाकर धूप-दीप, नैवेद्य को अर्पण करते हुए, भगवान् सूर्य की पूजा कर प्रणाम करते हैं। व्रती डूबते हुए सूर्य को फल और कंद-मूल से अर्घ्य अर्पित करती हैं। षष्ठी तिथि को घाट पर व्रतधारी जिस स्थान को घेरकर बैठती हैं, उसे व्रतियाँ 'सिरसोप्ता' कहती हैं। यहीं बैठकर व्रती कन्याएँ और महिलाएँ छठी मइया के लोकगीतों की स्वरलहरी से चतुर्दिक वातावरण को झंकृत कर देती हैं।

छठ पर्व के चौथे और अंतिम दिन, यानी सप्तमी को फिर नदी या तालाब में व्रतधारी उदीयमान सूर्य को दूसरा अर्घ्य देती हैं। दूसरा अर्घ्य अर्पित करने के बाद ही व्रती का 36 घंटे का निराहार व्रत समाप्त होता है और वे अन्न-जल ग्रहण करती हैं। हिंदुओं की छोटी-से-छोटी पूजा क्यों न हो, इसमें एक पुरोहित का योगदान अनिवार्य माना जाता है। मगर आज हजारों वर्ष बाद भी छठ पर्व को मनाने जैसी प्रक्रिया में पुरोहित को कोई स्थान नहीं दिया जाता है और इस व्रत में वेद-मंत्रों की भी कोई आवश्यकता नहीं होती। जिन विवाहिता स्त्रियों की संतानें नहीं होतीं, वे भगवान् सूर्य से प्रार्थना करती हैं कि उन्हें संतान की प्राप्ति हो। वे मनौती मानती हैं कि पुत्र होने पर उनकी विशिष्ट पूजा करके पूरा चढ़ावा चढ़ाएँगी। मनौती माँगनेवाली स्त्रियाँ सूप में अपना पल्ला रखकर भिक्षाटन माँगने निकलती हैं। मन्नत पूरी होने पर यह भिक्षाटन माँगी जाती है। भिक्षाटन में जो चीजें मिलती हैं, वही पूजन-सामग्री में चढ़ाकर भगवान् सूर्य की पूजा संपन्न करती हैं। जिनके

बच्चे होते हैं, वे उन्हें भिक्षाटन करने के लिए भेजती हैं और जो कुछ भी मिलता है, उसी धन और सामान से पूजा करती हैं। कुछ महिलाएँ और पुरुष अपनी मनोकामना की पूर्ति के लिए बड़ा ही कष्टदायक दंड प्रणाम करते हैं, जिसमें साष्टांग धरती पर लेट-लेटकर अपने घर से नदी या सरोवर के किनारे तक जाते हैं।

कोसी भरने की अनूठी परंपरा : छठ व्रत बिहार का सबसे पावन पर्व है। यह व्रत इतना महत्त्वपूर्ण है कि लोग भिक्षाटन करके यह पर्व करना अपना पुनीत कर्तव्य समझते हैं। साधारणत: संपूर्ण राज्यभर में छठ संपन्न करने का लगभग एक-सा ही रीति-रिवाज है, लेकिन उत्तर बिहार में एक विशेष परंपरा जुड़ी है, जिसे 'कोसी भरना' कहते हैं। यह रीति अपने आप में अनूठी व निराली है। कोसी भरने में ज़िस एकाग्रता, संयम तथा भक्ति का भाव देखने को मिलता है, उसकी चर्चा शब्दों में कर पाना असंभव प्रतीत होता है।

षष्ठी को संध्या में अस्ताचलगामी सूर्य को अर्घ्य देने के बाद कोसी भरने का कार्य किया जाता है। कोसी प्रत्येक घर में नहीं भरा जाता है। जिस परिवार ने कोसी भरने की मन्नत माँगी होती है, उनके यहाँ ही यह विशेष रस्म संपन्न की जाती है। कोसी भरने के निमित्त महिलाएँ अपने घर के आँगन के एक भाग को गोबर से लीपती हैं। उसके ऊपर आटा या रंगीन चावल से रंगोली (चौका) बनाई जाती है। इसके बाद रंगोली चौका के ऊपर ईख से एक मंडप बनाया जाता है। मंडप के बीचोबीच मिट्टी का एक विशेष प्रकार का बना हाथी रखा जाता है, जिसके चारों ओर दीये बने होते हैं। उन दीयों में घी और रुई डालकर जलाया जाता है। इसके बाद हाथी की पीठ पर मिट्टी की एक हाँड़ी रखी जाती है। कोसी में 12 प्यालियों (मिट्टी के बरतन) के बीच कोसी रखी जाती है, जिसे फल, पूड़ी, ठेकुआ, कसार, चूड़ा तथा नैवेद्य आदि से भरा जाता है। ईख के मंडप बनाने में साधारणत: चार या छह बड़ी ईखों का प्रयोग होता है। लेकिन नौ, सात या पाँच

ईखों से उसे घेर चाँदनी लगाई जाती है। इन ईखों से घिरे मंडप में ऊपर पीले कपड़े में पोटली में चावल बाँधा जाता है। कोसी भरने में कुछ व्रती हाथी की जगह केवल हाँड़ी और कपटी का प्रयोग करते हैं, किंतु प्रसाद और दीप रखने की एक ही विधि है। जिस किसी ने चौबीस कोसी भरने की मन्नत माँगी होती है, वे प्यालियों और ईखों की संख्या बढ़ाकर चौबीस कर देती हैं। पूरी रात हाथी के चारों ओर बनी दीप मलिकाएँ यूँ ही जगमगाती रहती हैं तथा मंडप के चारों ओर महिलाएँ बैठ पूरी रात जागा करती हैं और छठी मइया और भगवान् सूर्य से संबंधित लोकगीत गाती रहती हैं—

चनवाँ भलु ताने ले कवन राम घुठी भरी धोती कइले कोसी भलु भरली कवन देई गोदिया बालक ले ले।

इसी तरह एक अन्य गीत में बताया गया है कि छठी मइया को कोसी कितनी प्यारी है—

रात छठिया मइया गवनै अइली
आज छठिया मइया कवन राम के अँगना
जोड़ा कोसियावा भरत रहे जहवाँ जोड़ा नारियल धकल रहे जहवाँ उखिया के खंबवा गड़ल रहे तहवा।

इतना ही नहीं, महिलाओं द्वारा परिवार के सभी पुरुष व बच्चों का नाम छठ गीतों में जोड़कर गाने की भी परंपरा है।

पूरी रात गीत गाती महिलाओं के चेहरे पर थकान की जगह उल्लास, आनंद और श्रद्धा का प्रत्यक्ष भाव दिखता है। सप्तमी को अलसुबह अर्घ्य देने से पहले कोसी को उठा लिया जाता है और हाथी को गंगा या पोखर में बहा दिया जाता है। उस समय गंगा के किनारे का दृश्य देखते ही बनता है। घोर अंधकार में दीये प्रकाश का वातावरण पैदा करते हैं, यानी सूर्योदय का आभास देता है। कई परिवार यह मन्नत भी माँगते हैं कि मनोकामना पूर्ण होने पर वे गंगा नदी किनारे कोसी भरेंगे। इस दशा में उन्हें गंगा के किनारे आकर कोसी भरनी पड़ती है।

छठ व्रत का प्रारंभ कब और कैसे हुआ : व्रत का प्रारंभ कब और कैसे हुआ, यह सुनिश्चित रूप से तो कुछ नहीं कहा जा सकता, परंतु 'सांब पुराण' व 'भविष्य पुराण' के अनुसार कृष्ण के पुत्र सांब समुद्री हवा से कुष्ठ रोग से पीड़ित हो गए, तो नारदजी की प्रेरणा से मेरू शिखर (ब्रह्मलोक), जहाँ सूर्य उदय होते हैं, पर सूर्य की किरण से उत्पन्न मग (ब्राह्मण) के 18 कुल परिवार को गरुड़ यान पर ले आए और यज्ञ कराकर आरोग्य प्राप्ति की। मगध सम्राट् जरासंध के किसी पूर्वज को कुष्ठ रोग हो गया था, उन्होंने भी शाक द्वीप से आगत मग द्विज की एक शाखा मिहिर को अपने प्रदेश (कीकट) में लाकर सूर्य चिकित्सा से आरोग्य की प्राप्ति की और राजा की पत्नी

ने सूर्यव्रत प्रारंभ किया। शाक द्वीप से सांब द्वारा आगत मगद्विजों के आचार्य की प्रेरणा से राजा अभयपाल एवं वर्गवंश राजाओं ने छठ का प्रचलन बढ़ाया। बाद के वर्षों में मगध निवासियों में भी यह पर्व प्रचलित हो गया। माना जाता है कि छठ या सूर्य पूजा महाभारत काल से ही की जाती है। छठ पूजा की शुरुआत सूर्यपुत्र कर्ण ने की थी। कर्ण भगवान् सूर्य का परम भक्त था। वह प्रतिदिन घंटों कमर तक पानी में खड़े होकर सूर्य को अर्घ्य देता था। सूर्य की कृपा से ही कर्ण महान् योद्धा बना था।

दूसरी प्रचलित कथा के अनुसार, जब पांडव जुए में अपना सर्वस्व राज-पाट हार गए, उसके बाद महाभारत के पाँचों पांडव माता व पत्नी सहित अज्ञातवास में मगध प्रदेश के सघनतम क्षेत्र वाणासुर के वाणावर (सिद्धाचल), लोमश स्थान (लोहम खंड) एवं दुर्वासा (दुवैर) वन क्षेत्र में वास करते थे। उस समय शत्रु पर विजय, राजधानी लौटने की मनोकामना एवं आरोग्य प्राप्ति के लिए अपने पुरोहित सूर्य तेज से प्रादुर्भाव मग द्विज की प्रेरणा से छठ व्रत शुरू किया, जिससे लौट आया और कौरवों पर विजय हुई। भविष्य पुराण की कथा के अनुसार, द्रौपदी ने भी यह व्रत किया, जिसमें अठासी हजार ऋषियों को भी भोजन कराया और पांडवों को अपना सुख-ऐश्वर्य वापस मिला। कथा के अनुसार, द्रौपदी ने विपत्तियों से उबरने के लिए महर्षि धौम्य के कहने पर छठ व्रत किया था।

मधुश्रवा में च्यवन ऋषि का आश्रम था। पौराणिक आख्यानों के अनुसार सुकन्या और च्यवन ऋषि ने छठ व्रत किया था। च्यवन ऋषि की पत्नी सुकन्या के पिता शिकार खेलने जब जंगल गए तो एक हिरण का शिकार करते समय उनका तीर च्यवन ऋषि की

एक आँख में लग गया। इसके कारण उनकी एक आँख चली गई।

यह देखकर सुकन्या इतनी व्याकुल हो उठी कि वह अर्ध-विक्षिप्त होकर जंगल में घूमने लगी। अचानक उसे सूर्य की उपासना में लीन एक नागकन्या दिखाई पड़ी। उसने नागकन्या से इस संबंध में पूछा तो नागकन्या ने बताया कि कार्तिक शुक्ल पक्ष षष्ठी और सप्तमी को सूर्योपासना करने से भक्तों की सारी मनोकामनाएँ पूरी होती हैं। ऐसा कहते हैं कि सुकन्या और च्यवन ऋषि ने इसके बाद छठ किया तो च्यवन ऋषि की आँख ठीक हो गई।

बिहार में ही क्यों होता है छठ व्रत : मगध की भूमि सूर्य पूजन का आदिकालीन प्रक्षेत्र रहा है, जहाँ उसी काल से सूर्य पूजन की तेज स्थिति दृष्टिगत होती है। ऐसी मान्यता है कि छठ का विकास सर्वप्रथम मगध से ही प्रारंभ होकर आज पूरी दुनिया में फैला। सूर्य स्थली देव को सूर्य पूजन की लोक-परंपरा का जन्मदाता माना जाता है। 'विष्णु पुराण' 2, 4, 69, 71 के अनुसार, मगध का नामकरण ईरानी शब्द 'मगी' से हुआ। 'गया महात्म्य' में गयासुर के शरीर पर देवताओं द्वारा कराए गए विष्णु यज्ञ के दौरान ईरान से सात मगी ब्राह्मण लाए गए। 'मग' शब्द का अर्थ ईरानी भाषा में आग होता है। मगी ब्राह्मण यानी आग की साधना करनेवाले! आग से अर्थ यहाँ आग के गोले सूर्य से है। भगवान् सूर्य विष्णु के साक्षात् स्वरूप माने गए हैं। सूर्योपासक सात ब्राह्मण गयासुर के विनाश के लिए उसके शरीर पर आयोजित यज्ञ के लिए लाए गए। मगी ब्राह्मण यज्ञ की पूर्णाहुति के बाद गया और आसपास के क्षेत्रों में ही बस गए। भगवान् सूर्य की उपासना करनेवाले मग जिस धरती पर निवास करते हैं, उस धरती को 'मगध' कहा जाता है।

मगध क्षेत्र के जिन स्थानों पर शाक्य द्वीप ब्राह्मण बसे, वहाँ-वहाँ सूर्योपासना का

केंद्र स्थापित हो गया। देव उमगा, देवकुंड, मधुश्रवा, उलार, बड़गाँव, औंगारी और पंडारक आदि स्थलों पर सूर्य का प्राचीन मंदिर इन्हीं ब्राह्मणों की देन है। सूर्योपासक शाक्यद्वीप ब्राह्मणों की सूर्योपासना का छठ व्रत भी अभिन्न हिस्सा रहा है। सबसे पहले मगध के महान् वैद्य शास्त्री चरक और सुश्रुत ने मगध क्षेत्र में सूर्य की किरण से परंपरा का सूत्रपात किया। इसी आधार पर कहा जाता है कि मगध क्षेत्र में ही सबसे पहले सूर्य की पूजा शुरू हुई।

मगध के शासकों ने सूर्य उपासना को बहुत अधिक महत्त्व दिया था। यही कारण है कि सबसे पहले मगध क्षेत्र में छठ व्रत का प्रचलन हुआ। धीरे-धीरे निष्ठा-नियमपूर्वक चार दिवसीय सूर्य व्रतोपासना के रूप में छठ महापर्व की परंपरा प्रचलित हुई और उत्तरोत्तर समृद्ध होती गई।

□

देवोत्थान

कार्तिक शुक्ल पक्ष एकादशी को जो पर्व आता है, वह है देवोत्थान। इसी तिथि को तुलसी का विवाह शालिग्राम के साथ हुआ था। इसलिए इस तिथि को 'हरि प्रबोधिनी एकादशी व्रत' के नाम से भी मनाया जाता है, लेकिन बिहार में यह पर्व 'देवोत्थान' या 'जेठान' नाम से लोकप्रिय है। पुराणों के कथानुसार, देवोत्थान पर्व का संबंध मगध के प्रथम शासक महाराज वृहद्रथ के प्रतापी पुत्र सम्राट् जरासंध के जन्म की घटनाओं से जुड़ा है। वहीं दूसरी ओर कहा जाता है कि इस दिन क्षीर सागर में सोए विष्णु भगवान् जागे थे। इसलिए इस दिन पीतल के बरतनों को बजाया जाता है, जिससे देव उठ जाएँ, ऐसा विश्वास है कि देवता पहली वर्षा शुरू होते ही सो जाते हैं।

इस तिथि को प्रत्येक मगधवासी अपनी-अपनी कुलदेवी के रूप में देवी परमेश्वरी की पूजा करते हैं और नैवेद्य के रूप में केतारी (गन्ना) के डाढ़ को झाड़ सहित कुलदेवी पर इस मान्यता के साथ चढ़ाया जाता है कि झाड़युक्त यानी डाढ़ जितनी लंबी होगी, उतना ही वंश का विस्तार होगा। इस अवसर पर गंगा-स्नान कर दान-पुण्य करने का भी रिवाज विद्यमान है। मगधवासी इस पर्व को बड़ी भक्ति और श्रद्धा के साथ मनाते हैं। इस दिन गन्ना, गुड़, शकरकंद आदि से भी भगवान् की पूजा करते हैं। वहीं मिथिला में देवोत्थान एकादशी का काफी महत्त्व है। इस दिन मिथिला में चावल के घोल से आँगन में महिलाएँ अरिपन बनाती हैं। घर के लगभग सभी सामानों पर पेपर का ठप्पा लगाती हैं, ताकि जगे हुए देवता अपना स्नेह और आशीर्वाद दे सकें। देवोत्थान एकादशी के साथ ही हिंदू रीति-रिवाज से वैवाहिक रस्में शुरू हो जाती हैं।

□

दीपावली

दीपावली का त्योहार कार्तिक अमावस्या को मनाया जाता है। अमावस्या के दिन जब पूरी पृथ्वी अंधकार में डूबी रहती है, तब अपने मन में छाए हुए अज्ञान के अंधकार को दूर करने के लिए स्नेह व सद्‌भाव के छोटे-बड़े असंख्य दीपों को प्रज्वलित करते हैं। दीपावली पूजन और लक्ष्मी पूजन मुहूर्त के अनुसार पूजन के बाद घर को दीपों से सजाया जाता है। इस दिन बिहार में वैश्य (व्यापारी) समाज द्वारा रात्रि में गणेश-लक्ष्मी का पूजन किया जाता है। व्यापारी अपने वर्ष विक्रमी (संवत्) का पहला दिवस मनाते हुए नए बहीखाते शुरू करते हैं। इस मौके पर गणेश, लक्ष्मी और कार्तिक के अलावा कहीं-कहीं माँ काली की प्रतिमाएँ भी बैठाई जाती हैं। लड़कियों द्वारा कुल्हिया-चुकिया (मिट्टी के बने छोटे-छोटे पात्र) में लावा और मिठाई भरने की परंपरा है। इसमें वे सात तरह के अनाज भरती हैं, जिनमें चना, मसूर, मकई, चूड़ा, चावल, धान का लावा, फरही, लड्डू और चीनी की मिठाई शामिल हैं। मिट्टी के बरतन में अनाज भरने का मतलब होता है कि घर हमेशा भरा-पूरा रहे। पूजा के बाद बच्चों द्वारा जमकर आतिशबाजी की जाती है। यह पर्व सूबे में प्रचलित पर्वों में काफी महत्त्वपूर्ण माना जाता है। घरौंदा का भी अपना एक अलग ही महत्त्व है। घरौंदा प्रतीक है माँ लक्ष्मी का। 'घरौंदे' घर शब्द से बना है। लोग घरौंदे को इसलिए बनाते हैं, क्योंकि जिस तरह घरौंदा भरा-पूरा होता है, उसी प्रकार उनका घर भी भरा-पूरा रहे। घरौंदे में कुल्हिया-चुकिया में प्रयोग किया हुआ अन्न केवल भाइयों को ही खिलाया जाता है। ऐसी मान्यता है कि लड़कों से ही वंश वृद्धि होती है और लड़के ही घर का सारा भार वहन करते हैं, इसलिए इसका उपयोग लड़के ही करते हैं।

दीपावली से एक-दो सप्ताह पूर्व ही बालिकाओं द्वारा घरौंदे का निर्माण शुरू हो जाता है। यह घरौंदा मिट्टी, लकड़ी आदि से बनाया जाता है। उसका रंग-रोगन किया जाता है। लड़कियों में इस बात की होड़ लगी रहती है कि कौन कितना सुंदर घरौंदा बनाता है! लक्ष्मी पूजा के बाद घरौंदे की पूजा की जाती है। मगध में इसे 'घरकुंडा' और भोजपुर में 'घेरौना' के नाम से जाना जाता है। मिथिलांचल में घरौंदा बनाने का प्रचलन

दीपावली से दो दिन पूर्व एक दीपक जलाया जाता है। इसे 'यम का दीया' कहते हैं। 'यम दीया' अपने पूर्वजों के लिए जलाया जाता है। लोग अपने पूजागृह में चौक लगाकर उस पर धुले हुए मिट्टी के दीये रखकर उसमें तेल और बाती डालते हैं।

पाँच दीयों में तेल डालकर शाम को एक पूजा के स्थान में, एक तुलसी पिंड, एक रसोईघर के दरवाजे पर और एक मुख्य दरवाजे पर रखा जाता है। कहीं-कहीं गोबर एवं आटे का दीया बनाकर उसमें बत्ती जलाकर उसे घर के बाहर रखा जाता है, तो कहीं देर रात कूड़े के ढेर पर दीपक जलाने का भी रिवाज है। साथ-ही-साथ गाँव-कस्बों में महिलाएँ थाली पीट-पीटकर दरिद्रता भगाती हैं। इस दिन लक्ष्मी की बड़ी बहन अलक्ष्मी की पूजा-अर्चना की जाती है। दूसरे दिन छोटी दीवाली मनाई जाती है। कार्तिक कृष्ण त्रयोदशी यानी धनतेरस को घर-द्वार की साफ-सफाई की जाती है। इस दिन बरतन-गहने खरीदने का रिवाज है। इस दिन धन के देवता कुबेर की श्रद्धापूर्वक आराधना की जाती है।

दीपावली के दिन मिथिलांचल में खर का उक लुक्का बनाकर उसके अंदर संठी डालकर उसमें सात बंधन लगाना, घर-आँगन को गाय के गोबर और मिट्टी से लीपकर पवित्र करना, अरवा चावल को पीसकर आँगन में अरिपन देना, कुलदेवी के सामने अरिपन सजाकर, कलश रखकर दीप जलाना, मिट्टी को गूँथकर दीप बनाना, बच्चों को खेलने के लिए उका-पाती बनाना, बाँस के सुप्ती को बाँस की करची में गूँथकर मशाल तैयार करना एवं रात्रि के भोजन में मिष्टान्न के साथ तिलकोर, तरुआ और भुजिया खाने की परंपरा आज भी जीवित है। दीपावली के दिन शाम ढलते (गोधूलि वेला) को छोड़कर अच्छे मुहूर्त में गृहस्वामी नहा-धोकर साफ कपड़े पहनकर सिर पर कपड़ा रख सबसे पहले कुलदेवी के पास डगरा में रखे, दूर्वा, धान, पान का पत्ता, मखाना, सुपारी, सिंदूर की गद्दी उठाकर कलश के दीपक से जलाकर धान छींटते हुए तीन बार घर से बाहर आते हैं। गृहस्वामी सभी घरों एवं दरवाजों में धान छींटते हुए अन्न-धन्य लक्ष्मी को घर में आने तथा दरिद्रता को जाने का आह्वान करते हैं। उनके पीछे परिवार के हर पुरुष सदस्य एक-एक कर उक का बंधन ढीला करते हैं और सात पीढ़ी के पूर्वजों को अमावस्या की रात में स्वर्ग जाने का रास्ता दिखाते हुए कामना करते हैं। उसके बाद पुरुष सदस्य चौराहे पर जाकर उक को तीन बार लाँघकर पुरुष आँगन में पहुँचते हैं तो महिलाएँ उनके पाँव धोती हैं। कुलदेवी के सामने पुरुष सदस्य अधजल संठी रखकर देवी को प्रणाम करते हैं। उसके बाद घर के सभी बड़ों को प्रणाम करते हैं। उसके बाद बच्चे उका पाती खेलने चले जाते हैं। तीसरा पहर बीतने पर घर की सबसे बड़ी-बुजुर्ग महिला आँगन में सूप एवं डगरा पीटकर 'दुःख, दरिद्रा बाहर जाऊ' का मंत्रोच्चार करती हैं।

दीपावली के दिन उक जलाने एवं भाँजने का अर्थ आश्विन माह के प्रथम पखवाड़े में पितृपक्ष के दौरान हमारे पूर्वज धरती पर आते हैं। कार्तिक अमावस्या के दिन दीपावली

में पितृपक्ष के दौरान हमारे पूर्वज धरती पर आते हैं। कार्तिक अमावस्या के दिन दीपावली के अवसर पर उक दिखाकर उन्हें स्वर्ग जाने का रास्ता दिखलाए जाने की मान्यता है। इस दिन तीन उक बनाए जाते हैं। तीन उक तीन लोकों के प्रतीक माने जाते हैं।

मिथिलांचल में दीपावली के दिन सोने-चाँदी के सिक्के के पूजन एवं उसको स्पर्श करने का रिवाज है। मिथिला में दीपावली के दिन लक्ष्मी और काली की पूजा की जाती है। सांध्यकाल में जहाँ लक्ष्मी की पूजा होती है, वहीं निशाकाल में काली की पूजा करने की परंपरा है। अंग क्षेत्र में दीवाली से एक दिन पहले सनई की संठी और साठी धान के पुआल से महिलाएँ ओकियारी (मशाल) बनाती हैं। शाम को दीपक जलने पर आँगन के दीपक से उसमें आग लगाते हैं और जो व्यक्ति परंपरा का निर्वाह करता है, वह व्यक्ति आँगन की तीन बार प्रदक्षिणा करता हुआ कहता है—'लक्ष्मी आवे दरिदर भागे।' फिर उस ओकियारी को लिये घर के सभी सदस्य घरों से बाहर आते हैं और 'जय कन्हैया लाल की, मदन गोपाल की। बुढ़वन के हाथी-घोड़ा लड़िकन के पालकी' का जयकार करते हुए गाँव-टोले और मोहल्ले के पास खाली स्थान पर पहुँच जाते हैं और अपनी-अपनी ओकियारियों का सामूहिक दलन करते हैं। युवाएँ जलती हुई ओकियारी के आर-पार लाँघकर अपने साहस का परिचय देते हैं। भोजपुर में छोटी दीपावली को रात में यमराज का दीपक जलाया जाता है। प्रातः काल में तीन-चार बजे दलिदर खेदा (भगाया) जाता है। हर घर की महिलाएँ घर के कोने-कोने में सूप-हँसिया लेकर बजाती हैं, दरिद्रता को भगाती हैं। घर के पिछवाड़े सूप जलाकर तापा जाता है। मान्यता है कि ऐसा करने से रोग-बला पास नहीं आती है। दीवाली के मौके पर दरवाजे पर ऋद्धि-सिद्धि लिखते हैं तथा स्वस्तिक चिह्न बनाते हैं।

□

गोवर्धन (अन्न कूट) पर्व

दीपावली के दूसरे दिन कार्तिक शुक्ल पक्ष प्रतिपदा को गोवर्धन व अन्न कूट पर्व भी मनाया जाता है। गोवर्धन का अर्थ है—गोवंश की वृद्धि। यह विशेषकर गोपालकों (ग्वालों) का पर्व है। गोवर्धन पूजा का दिन साल में (साढ़े तीन बजे) शुभ मुहूर्त में से एक माना जाता है। किसी भी काम की शुभ शुरुआत इस दिन की जा सकती है। इस दिन गाय, बैल आदि पशुओं को स्नान कराकर उसे रंग गरदामी एवं रंगों का छबका (नया रस्सीन) लगाकर सजाया जाता है। नया पगहा लगाया जाता है। बैलों के सींग रँगे जाते हैं और रंगों के छापे उनके बदन पर लगाए जाते हैं। बड़, बैकन एवं पीपर की लत्तीन को पीसकर बैल को पिलाया जाता है। महिलाएँ उनकी पूजा कर भगवान् गोवर्धन से उन्हें स्वस्थ रखने की कामना करती हैं। पशुओं को मिठाई खिलाकर उनकी आरती उतारी जाती है तथा प्रदक्षिणा की जाती है। इस दिन गायों का दूध नहीं दुहा जाता व बैल से कोई काम नहीं लिया जाता। मान्यता है कि इस दिन गाय की पूजा करने से सभी पाप उतर जाते हैं और मोक्ष प्राप्त होता है। गोवर्धन पूजा भगवान् श्रीकृष्ण के अवतार के बाद द्वापर युग में प्रारंभ हुई। इसे 'अन्नकूट' भी कहते हैं। अन्नकूट त्योहार वस्तुतः श्रीकृष्ण द्वारा गोवर्धन पूजा की आवृत्ति है। इस दिन घरों के आँगन में गाय के गोबर से गोवर्धन की मानवाकार आकृति बनाई जाती है। इस अवसर पर अनेक जगहों पर दंगल (कुश्ती) का आयोजन किया जाता है, जिसमें नामी-गिरामी पहलवान भाग लेते हैं।

वहीं सुपौल इलाके में गोवर्धन पूजा के दिन दोपहर के बाद 'हूड़' का आयोजन किया जाता है। इसमें सूअर के बच्चे को डंडे में लटकाकर दुधारू भैंस तथा गाय के सामने दिखाया जाता है। जिस पर गाय-भैंस द्वारा आक्रमण किया जाता है। यह दौर तब तक चलता है, जब तक हूड़ के लिए लाया सूअर का बच्चा मर नहीं जाता है, जो भैंस उस सूअर को मारती है, उसे पुरस्कार से नवाजा जाता है। वहीं औरंगाबाद इलाके में पशुपालक वीर कुँअर की प्रतिमा के समीप मिट्टी के बरतन में बिना चीनी की खीर बनाते हैं, जो बाबा का प्रसाद होता है। उसे मिट्टी के बने हाथी और घोड़े को चढ़ाते हैं।

मन्नत के अनुरूप लोग यहाँ बलि भी देते हैं और उसे सामूहिक रूप से प्रसाद के रूप में ग्रहण करते हैं। किंवदंतियों के अनुसार, वीर कुँअर एक पशुपालक थे। एक बार वे पशु चराने जंगल में गए। वहीं उनकी भिड़ंत शेर से हो गई। शेर से लड़ाई कर उन्होंने पशुओं की जान बचाई थी और खुद शहीद हो गए थे। तब से पशुपालक उन्हें पशुओं के देवता मानकर उनकी पूजा करते हैं। पश्चिम चंपारण इलाके में मान्यता है कि गोवर्धन पूजा के दिन उनके पास लगाए गए बरिआर, एक प्रकार के पौधे, को उखाड़नेवाली की शादी इसी लगन में हो जाती है। इस पौधे पर जोर-आजमाइश करने के लिए युवा बेकरारी से इस दिन का इंतजार करते हैं।

□

अनंत चतुर्दशी

यह पर्व भादो के शुक्ल पक्ष में चतुर्दशी को मनाया जाता है। इस दिन भगवान् विष्णु की पूजा का आयोजन होता है। जब तक भगवान् विष्णु को क्षीरसागर में ढूँढ़ नहीं लेते, तब तक सभी बच्चे-किशोर भूखे ही रहते हैं। यह मुख्य रूप से बच्चों और किशोर-किशोरियों का पर्व है। भगवान् विष्णु की शेषनाग सहित पूजा की जाती है। अनंत चतुर्दशी के दिन व्रत रखनेवाले श्रद्धालु सुबह किसी नदी या सरोवर में स्नान करने जाते हैं। पूजा कर लोग शुद्ध सूत से बने हल्दी में रँगे चौदह गाँठ के धागे को दाईं बाँह में बाँधते हैं। पुरुष दाएँ और महिलाएँ बाएँ हाथ में अनंत बाँधती हैं। व्रत करनेवाले इस दिन बिना नमक का एक ही बार भोजन करते हैं। पूड़ी-खीर और सेवई खाई जाती है, जो विष्णु को प्रसन्न करनेवाला और अनंत फलदायक माना गया है। अनंत चतुर्दशी चौदह लोकों का प्रतीक है, जिसमें अनंत होते हैं। इस दिन जहानाबाद के बराबर में भव्य मेला लगता है।

□

तीज

भादो अमावस्या के बाद शुक्ल पक्ष की तृतीया को 'तीज पर्व' मनाया जाता है। नवविवाहिता इस पर्व को विवाहोपरांत बड़े धूमधाम से मनाती हैं। सुहागिन महिलाएँ और कुँवारी युवतियाँ भी इस व्रत को करती हैं। युवतियाँ इसलिए इस व्रत को करती हैं, ताकि उन्हें भगवान् शिव जैसा वर मिले। अगर नव ब्याहता मायके में होती है, तो ससुराल से पकवान, फल, चूड़ी, गहने, कपड़े, सिंदूर आते हैं और अगर ससुराल में हैं तो मायके से आते हैं। इस पर्व को सुहागिन आजीवन मनाती हैं। नए कपड़े, नए गहने, नई रंग-बिरंगी चूड़ियाँ व बिंदिया खरीदती हैं महिलाएँ। तीज से एक दिन पहले या उसी दिन महिलाएँ गुझियाँ, ठेकुआ, पापड़ी आदि पकवान बनाती हैं, जिससे यह पूजा की जाती है। पूजा में कई प्रकार के फल भी रखे जाते हैं और जो चीज सबसे अधिक जरूरी होती है, वह है सुहाग का डाला (एक ऐसी टोकरी), जिसमें सुहाग कीं सारी चीजें, जैसे—सिंदूर, चूड़ी आदि होती हैं। इस दिन व्रती (व्रत के दिन) उपवास करती हैं और रात को शिव की मूर्ति बनाकर षोडशोपचार के साथ पूजन करती हैं। यह व्रत पूरे सूबे में धूमधाम से मनाया जाता है। शाम को पूजा के बाद ब्राह्मण से हरतालिका तीज कथा सुनकर ब्राह्मण को दानस्वरूप पैसे, खाद्य सामग्री व सुहाग की सारी चीजें देती हैं।

□

भाई दूज

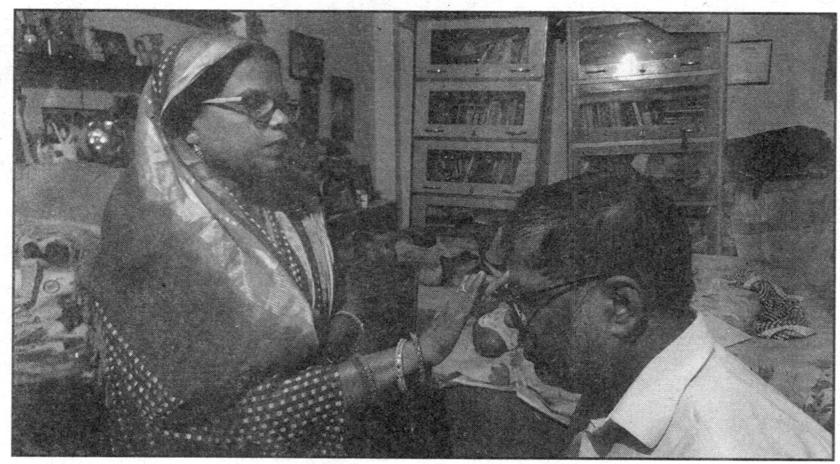

यह त्योहार कार्तिक शुक्ल की द्वितीया को मनाया जाता है। जगह-जगह पर भाई दूज मनाने की परंपरा में थोड़ा अंतर पाया जाता है। यह भाई-बहन के प्रेम का प्रतीक है। बहन से तिलक लगवाना व बहन के घर भोजन करना अति शुभ फलदायी होता है। इस दिन बहन को वस्त्र और आभूषण उपहारस्वरूप देकर बहन का आशीर्वाद प्राप्त करते हैं। कहा जाता है कि इस दिन यमराज अपनी बहन से टीका कराने जाते हैं। इस दिन बहन भाई की पूजा कर, उसको दीर्घायु तथा अपने सुहाग की कामना से हाथ जोड़ यमराज से प्रार्थना करती है। इस दिन सूर्य तनया जमुना ने अपने भाई यमराज को भोजन करवाया था, इसे 'यम द्वितीया' भी कहते हैं। लोक मान्यता है कि बहन के घर भोजन करने से भाई को यम बाधा नहीं सताती तथा उसके मान-सम्मान एवं समृद्धि में वृद्धि होती है। मिथिलांचल में भैया दूज के दिन बहनें खुले आँगन में रंगोली बनाती हैं, उस पर पीढ़ा धोकर रखा जाता है। उस जगह पर पीतल की थाली, जल से भरा हुआ लोटा रखा जाता है। भाई-बहन नहा-धोकर पूजा स्थल के पास बैठते हैं, जिसमें भाई पीढ़े (पौढ़ा)

पर तथा बहन जमीन पर बैठती है। वहाँ पर पान, सुपारी, सिंदूर की गद्दी, दूब, सिक्का रखा जाता है। बहन भाई के हाथों पर पिठार तथा सिंदूर लगाती है। उसके बाद भाई के हाथ में पान का पत्ता, सुपारी, दूब और सिक्का रखा जाता है। इसके बाद बहन भाई के हाथों में पीतल के लोटे से जल डालते हुए यह लोकगीत गाती है—'जैसे-जैसे गंगा-जमुना का पानी बढ़े, वैसे ही मेरे भइया के ओरदा (पद) बढ़े।' गीत के बाद भाई सभी सामान को बहन के आँचल में डाल देता है। भाई बहन को मखाने के साथ पैसे भी देता है। इस दिन बहन भाई को खाने पर आमंत्रित करती है। अगर बहन शादीशुदा है तो भाई बहन के ससुराल भोजन करने अवश्य जाता है।

□

वट सावित्री व्रत

पर्वों की परंपरा में प्रमुख है—वट (वर) पूजा व्रत यानी वट सावित्री, जो प्राय: बिहार के ग्रामीण अंचलों में महिलाओं द्वारा संपन्न किया जाता है। वट सावित्री या वट अमावस्या का पर्व परिवार में सुख और स्त्रियों में सौभाग्य के लिए विशेष रूप से मनाया जाता है। जेठ माह की अमावस्या के दिन यह पर्व मनाया जाता है। जिस साल शादी होती है, उस साल यह पर्व काफी धूमधाम से मनाया जाता है। बहू या बेटी, सौभाग्यवती महिलाएँ सिर पर पानी से भरा हुआ कलश लेकर हाथ में बाँस की बनी बनी हुई डोली, उसमें गुड्डे-गुड़िया को साथ कर साथ में पंखा ले जाती हैं, जिसे बोलचाल की भाषा में 'बिअन' कहते हैं।

स्त्रियाँ सिर से स्नान कर निर्जला व्रत रखती हैं। पूजन सामग्री में जल, रोली, हल्दी, अक्षत, भीगे चने, फूल-दीप और धूप आदि के साथ हाथ से काता गया सूत विशेष रूप से होता है। विधिपूर्वक पूजन के बाद जल चढ़ाया जाता है। सूत को हल्दी में रँगकर बरगद वृक्ष के चारों ओर तीन, सात, सत्रह या एक सौ आठ बार परिक्रमा करते हुए बाँध दिया जाता है। गुड्डे-गुड़िया की शादी होती है। जल चढ़ाकर वे वटवृक्ष की जड़ को पंखा झलती हैं और गले मिलती हैं। इसके बाद व्रती सावित्री-सत्यवान की कहानी सुनती हैं। पूजा कर घर लौटने पर व्रती पति को भी पंखा झलती हैं और पैर छूकर आशीर्वाद प्राप्त करती हैं। ऐसा विश्वास है कि सावित्री ने यमराज से अपने पति सत्यवान की रक्षा करने के लिए भी इस व्रत का आयोजन किया था। इस पर्व में पति की दीर्घायु की कामना प्रमुख होती है।

□

महाशिवरात्रि व्रत

प्रत्येक मास के कृष्ण पक्ष के चतुर्दशी को महाशिवरात्रि होती है, पर फाल्गुन मास की कृष्ण पक्ष की महाशिवरात्रि का विशेष महत्त्व होने से ही उसे महाशिवरात्रि कहा गया है। यह भगवान् शिव की विराट् दिव्यता का महापर्व है। महाशिवरात्रि शिव-पार्वती के वैवाहिक जीवन में प्रवेश का दिन होने से प्रेम का दिन है। इस दिन शिवभक्त पूजा एवं उपवास करते हैं। महादेव की बहुविधि पूजा-अर्चना की जाती है। भक्त पवित्र जल, दूध एवं बेलपत्र के साथ-साथ अन्य फल-फूल शिवलिंग पर चढ़ाते हैं। इस मौके पर शिव मंदिरों को आकर्षक ढंग से सजाया जाता है। लोग रात्रि जागरण करके शिव का भजन-पूजन करते हैं। अगले दिन प्रातः काल में जौ और तिल शिव को जल का अर्घ्य प्रदान कर उपवास खोला जाता है।

□

भादो चौथ

बिहार में भादो चौथ का एक भिन्न स्वरूप भी प्रचलित है, विशेषकर दक्षिणी बिहार में भादो शुक्ल चौथ के चंद्रमा को देखना निषेध (मना) है। मान्यता है कि इस चंद्रमा को देखने से अकारण कलंक लगता है। इस रात्रि में लोग दूसरों के घरों में ढेला फेंकते हैं, ताकि जिसके घर में ढेला गिरे, वह गाली दे। इस गाली को लोग शुभ मानते हैं। मान्यता है कि आज की रात ऐसी गालियाँ सुन लेने से वर्ष भर के अपशकुन की संभावनाएँ कम हो जाती हैं।

□

होली

होली हिंदुओं का सबसे महत्त्वपूर्ण त्योहार है। यह फाल्गुन के महीने में शुरू हो जाता है और दो से तीन दिन तक धूल, रंग, गुलाल और अबीर के साथ चलता है। होली में प्रतिवर्ष प्रह्लाद के सम्मान में होलिका दहन किया जाता है। जगह-जगह पर होलिका (अगजा) जलाया जाता है। इस दिन हर घर में फुलौरी-कचड़ी, तरह-तरह के बचके बनाए जाते हैं। तैयार बचके में से कुछ बचकों को अगजा में डाले जाने की परंपरा है। इसके बाद लोग खाते हैं और खिलाते हैं। होली के अल सुबह बच्चे-बड़े आलू, गेहूँ और चने की बाली लेकर अगजा के पास पहुँचते हैं। फिर उसे अगजा में डालकर पकाते हैं और खाते हैं। इसके बाद मस्ती का दौर शुरू हो जाता है। एक-दूसरे पर रंग डालते हैं। मगध में होलिका दहन को संवत जलना भी कहते हैं। संवत जलाने में गोइठा, लकड़ी, बाँस आदि का प्रयोग किया जाता है। बच्चों को उबटन लगाकर उसके उबटन भी डाले जाते हैं। होलिका दहन के अगले दिन होली की राख में गेहूँ, जौ की बाल, हरे चने की झंगरी, आलू भूनकर

खाया जाता है। बज्जिका में होली को 'फाग' और होली के उत्सव को 'फगुआ' कहते हैं। इसी कारण इस मौके पर होनेवाले गान को 'फगुआ' कहते हैं। होली को बज्जिका में 'होरी' कहा जाता है। मिथिला में फाग और जोगीड़ा गाया जाता है। बहुत कम लोग जानते हैं कि बिहार के पूर्णिया जिले के सिकलीगढ़ में ही होलिका भगवान् विष्णु के परम भक्त प्रह्लाद को अपनी गोद में लेकर जलती चिता के बीच बैठ गई थी। इस गाँव को 'धरहरा' के नाम से जाना जाता है। यहीं माणिक्य स्तंभ नामक खंभे से भगवान् नरसिंह का अवतार हुआ था। इस स्तंभ के लिए कहा जाता है कि इस स्तंभ को कई बार तोड़ने का प्रयास किया गया है, लेकिन यह टूटा नहीं। कहा जाता है कि प्राचीन काल में 400 एकड़ में एक टीला था, जो अब सिमटकर 100 एकड़ रह गया है। माना जाता है कि यहाँ पर एक हिरन नामक नदी बहती थी। यहाँ की खास बात यह है कि यहाँ राख और मिट्टी से होली खेली जाती है। होली के दिन सभी के यहाँ पुआ, पूरी, कटहल-आलू का दम और दही वड़ा जरूर बनता है। यहाँ दो बार होली खेली जाती है। अबीर से दोपहर में, जिसे 'गुलाल' कहा जाता है तथा सुबह में छोटे-बड़े सभी लोग रंग खेलने के लिए निकल जाते हैं। धीरे-धीरे एक टोली बन जाती है और घर-घर जाकर एक-दूसरे को इस तरह रंगों से नहला देते हैं कि पहचानना ही मुश्किल हो जाता है। लड़के और मर्द कुरता-पाजामा पहनते हैं, जबकि औरतें और लड़कियाँ कॉटन की साड़ी व सूट पहनती हैं। चार-पाँच बजे शाम को सभी लोग नहा-धोकर नए कपड़े पहनकर फिर निकल पड़ते हैं। हाथ में अबीर लेकर घर-घर में जाते हैं और बड़ों के पैर पर लगाते हैं। जबकि छोटे को टीका करते हैं और भाभी, साली, सलहज, जीजा और ननद-भाभी सभी एक-दूसरे के साथ जमकर होली खेलते हैं।

मथुरा की 'लट्ठमार होली' की तरह भगवान् विष्णु की चरणस्थली गया की अनूठी 'झुमटा होली' भी कम प्रसिद्ध नहीं है। पूरे सूबे में गया ही ऐसा धाम है, जहाँ लोग चार दिनों तक रंगों का त्योहार मनाते हैं। गया के दुकानदार और महाजनों द्वारा होली पर्व का समापन समारोह मनाने की पुरानी परंपरा है। यह समारोह सभी लोगों द्वारा एकजुट होकर मनाया जाता था, इसलिए बाद के वर्षों में इसे जुटकर मनाने से इसका नाम 'झुमटा' पड़ गया। झुमटा होली के अगले दिन मनाया जाता है। होली के समापन के मौके पर गया के दुकानदार गयावाल पंडों के साथ शहर के गोदाम और चौक-मोहल्ले से समूह के रूप में जमा होकर रंगों से भरे कनस्तर के साथ लोगों पर पिचकारियों से रंग डालते हैं और ढोलक तथा झाल बजाते हुए, होली के गीत गाते हुए शहर के विभिन्न भागों में घूमते हैं। रास्ते से गुजरते वक्त घरों की छतों पर खड़े लोग इस जुलूस में शामिल लोगों पर रंगों और पानी की बौछार करते हैं।

मगध के लोग होली को एक सांस्कृतिक पर्व के रूप में मनाते हैं। होली की

सुबह एक-दूसरे के ऊपर रंग डालते हैं। नाचते-गाते हैं तो कुछ इलाकों में शव की जगह पुआल तथा कपड़े की प्रतिमा बनाकर अर्थी पर होते हुए गली-गली में घूमते हैं। रोने-धोने का नाटक करते हैं और परवी माँगते हैं तथा पकवान खाते हैं। इतना ही नहीं, महिलाओं को महामूर्ख बनाना कभी नहीं भूलते। महिलाओं को महामूर्ख बनाने के लिए उनके पति को भाँग पिलाई जाती है। शाम में लोग अपने मित्र, पड़ोसियों तथा रिश्तेदारों को गुलाल लगाते हैं, बधाई देते हैं और बड़ों से आशीर्वाद प्राप्त करते हैं। विभिन्न प्रकार के व्यंजन पकवान खाते-खिलाते हैं।

वहीं समस्तीपुर (शाहपुर पटोरी) धमौन गाँव की 'छाता होली' 16वीं सदी में संबलपुर, हरियाणा से आए जाटों की याद दिलाती है। ग्रामीण माटी की सुगंध बिखेरती छाता होली ब्रज, बरसाने, वृंदावन और मथुरा की होली से किसी मायने में कम नहीं है। प्रत्येक टोले में विशाल बाँस का छाता तैयार कर उसे सजाया जाता है। गाँव में अवस्थित है कुल देवता निरंजन स्वामी का मंदिर। कहा जाता है कि द्वापर युग में धौम्य ऋषि का आश्रम धौम्य में बस गया। होली की सुबह स्त्री-पुरुष बाँस के छाते, ढोल, हारमोनियम, गाजे-बाजे के साथ निरंजन मंदिर में रंग-अबीर चढ़ाकर बाँस के छातों के नीचे झूमते-गाते हैं। बेगूसराय की मटिहानी की होली की बात कुछ और ही है। गाँव के कुओं पर प्रतिस्पर्धात्मक रूप में खेली जाती है। होली हिंदू-मुसलमान सब मिलकर दो टोलियों में बँट जाते हैं और कुएँ पर पिचकारी युद्ध करते हैं। होली में जहाँ महिलाएँ घर से बाहर निकलना पसंद नहीं करती हैं, वहीं यहाँ की खासियत है कि संपन्न घर की महिलाएँ इस पिचकारी युद्ध का आनंद उठाने कुएँ पर पहुँच जाती हैं। चार कुओं पर पिचकारी युद्ध होता है। होली के अगले दिन दो कुओं पर युवा अलग से होली खेलते हैं।

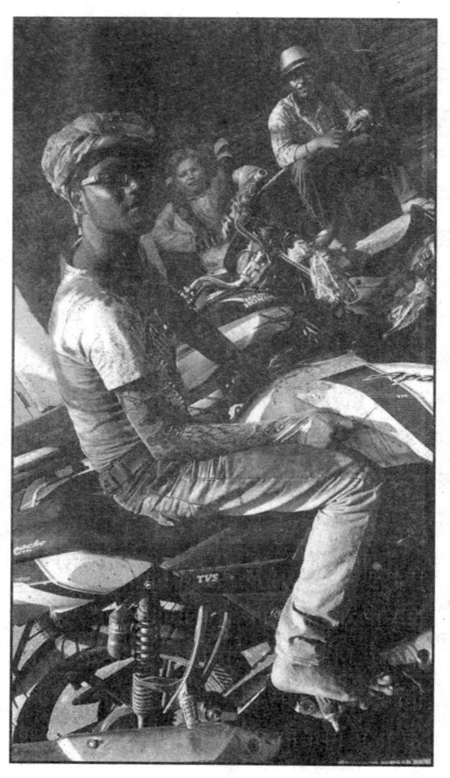

सहरसा के बनगाँव में आज़ भी परंपरागत तरीके से होली मनाने की प्रथा कायम है। यहाँ की होली सांप्रदायिक एकता के प्रतीक के रूप में जानी जाती है। सबसे पहले गाँव के अलग-अलग टोले में सैकड़ों की संख्या में लोग भेदभाव को भुलाकर नंग-धड़ंग होकर एक-दूसरे के कंधे पर चढ़कर हुड़दंग होली खेलते हैं। फिर अपने-अपने टोलों के प्रमुख रास्तों से गुजरते हुए लोगों का मिलन गाँव के निर्धारित स्थानों पर होता है। पहले ये लोग विषहरी स्थान, ललित झा बँगला, मयूरी खान सहित कई स्थानों पर होली खेलते हैं। फिर सभी मनोकामना पूर्ण करनेवाली भगवती के स्थान पर आकर वृंदावन की मटकी फोड़ने के लिए सैकड़ों की संख्या में एक-दूसरे के कंधों पर चढ़कर होली खेलते हैं। इस होली की विशेषता यह है कि हिंदू बहुल बनगाँव ग्राम में मुसलमान सहित सभी वर्ग के लोग एक-दूसरे के कंधों पर चढ़कर होली खेलते हैं।

भोजपुर इलाके के लोग होली को 'बसंतोत्सव' के रूप में मनाते हैं। पहले इस इलाके के सामंत तथा जमींदार लोग इस दिन अपनी शक्ति का प्रदर्शन करते थे, लेकिन अब यह परंपरा समाप्त हो गई है। सामाजिक समरसता और आत्मसमर्पण का महापर्व होलिकोत्सव को भोजपुरी जनमानस अपनी सांस्कृतिक धरोहर मानते हुए परंपरागत फाग गीतों के माध्यम से अपनी अभिव्यक्ति करते हैं। बसंत पंचमी से उठनेवाला ताल फगुआ तक निर्बाध रूप में चलता है। गीतों के माध्यम से अपनी सामाजिक और आध्यत्मिक परंपराओं को याद किया जाता है। मर्यादा पुरुषोत्तम राम तथा लीला पुरुषोत्तम श्रीकृष्ण, जो हिंदुओं के आदर्श रहे हैं, शास्त्रों में उन्हें रंगों के इस महापर्व को मनाते हुए दरशाया गया है, फिर भोजपुरिया जनमानस उन्हें क्यों न फाग गीतों में याद करें! 'प्रणरहि हमारे आज राम से खेलब होली, जिसके माथे मुकुट बिराजे अवध के होरी,' युक्त पंक्तियों में राम का सर्वव्यापी रूप प्रदर्शित होता है।

मिथिलांचल में होली का समाँ देखते ही बनता है। यहाँ की परंपरा राजा जनक तथा सीता के प्रभाव से ओत-प्रोत है। गायन पद्धति विद्यापति तथा कबीर से प्रभावित है।

होली गायन बसंत पंचमी से ही शुरू हो जाता है। होलिका दहन के दूसरे दिन गवैयों की टोलियाँ प्रधान गायकों के साथ चक्कर लगाती हुई गाँवों में भ्रमण करती हैं। ढोल, झाल और मँजीरों के साथ बच्चे, जवान-बूढ़े पिचकारियों से रंग उड़ाते जाते हैं।

सोवाँ गाँव (डुमराँव) ऐसा है, जहाँ होली के मौके पर पीढ़ियों से पकवान तय है और वही लोग खाते-खिलाते हैं। सोवाँ गाँव के घरों में होली के दिन मांसाहार नहीं बनता। गाँव की परंपरा ऐसी है कि यहाँ केवल पुआ बनाया जाता है। गाँव के लोग बाबा भुअर नाथ की पूजा करते हैं और सात्त्विक होली मनाते हैं।

भोजपुर में बसंत पंचमी को गाँव की सीमा पर कोइनि (छोटा बाँस) गाड़ दिया जाता है। इसके साथ होली का प्रारंभ हो जाता है। कोइनि को हर घर से लकड़ी, कंडे आदि से ढका जाता है, जिसे 'समत' कहते हैं। घर में हर सदस्य के नाम से होली बनाई जाती है। मारवाड़ी समाज में होली से सात दिन पहले 'होलाष्टक' मनाया जाता है। इस दौरान कोई भी मांगलिक कार्य नहीं होता। होलिका दहन के दिन शाम में महिलाएँ पारंपरिक राजस्थानी वस्त्र पहनने के साथ ओढ़नी ओढ़ ठंडी होलिका की पूजा कर पति और परिवार की लंबी आयु के लिए प्रार्थना करती हैं। वहीं रात में होलिका जलाने के बाद उसकी भस्म को घर पर लाकर सभी लोग लगाते हैं। वहीं इस दिन से ही नवविवाहित महिलाएँ गणगौर की पूजा करती हैं, जो 16 दिनों तक चलती है।

पटना (दानापुर) में होली के अगले दिन 'बसिऔरा की शोभायात्रा' निकाली जाती है। शोभायात्रा में राम, लक्ष्मण, सीता व हनुमान के रूप में गाजे-बाजे के साथ भव्य जुलूस निकाला जाता है। इसे देखने के लिए सैकड़ों की संख्या में हुजूम सड़कों पर निकल आता है। कुछ इसी तरह पटना सिटी इलाके में सती की याद में होली के दूसरे दिन 'बसिऔरा मेले' का भव्य जुलूस निकाला जाता है। यह जुलूस पूनाडीह से निकलकर पटना सिटी के विभिन्न इलाकों से होते हुए सती घाट पहुँचता है, जहाँ सती प्रतिमा का विसर्जन किया जाता है। जुलूस में एक पालकी पर सती की मूर्ति विराजमान होती है, जिसे चार कहार कंधे पर पालकी लिये चलते हैं। इस जुलूस को देखने के लिए सड़कों पर लोगों की भीड़ उमड़ पड़ती है।

□

शुक्ल पक्ष की एकादशी

कार्तिक माह के शुक्ल पक्ष की एकादशी तिथि के संबंध में पौराणिक मान्यता है कि इस दिन विष्णु क्षीरसागर में शयन कर रहे होते हैं। तब भगवान् विष्णु निद्रा से जागते हैं। इस तिथि को इसकी महत्ता को देखते हुए आज के दिन विशेष पूजा-अर्चना और व्रत-उपवास का विधान रहा है। मिथिला में इस पर्व को मनाने की अपनी अनूठी परंपरा है। पंचदेवोपासना की भूमि मिथिला में इस 'विष्णु पर्व' को मैथिल परंपरा के अनुसार मनाया जाता है। इस दिन लोगों द्वारा अपने-अपने आँगन में पिठार और सिंदूर के द्वारा छोटे-छोटे भाग में अरिपन चित्रित किया जाता है। अरिपन के साथ-साथ गृहस्थोपयोगी तमाम वस्तुओं के चित्र आँगन में अंकित किए जाते हैं। अरिपन के बीच विष्णु के पदचिह्न बनाए जाते हैं। पुनः घर में गृहदेवता स्थान से लेकर आँगन में अरिपन के पास तक विष्णु के पदचिह्न बनाए जाते हैं।

□

जन्माष्टमी

जन्माष्टमी, यह त्योहार भादो की शुक्ल पक्ष की अष्टमी के दिन भगवान् श्रीकृष्ण के जन्मोत्सव के रूप में मनाया जाता है। श्रीकृष्ण जन्माष्टमी की रात्रि को 'मोह रात्रि' कहा गया है। जन्माष्टमी का व्रत 'व्रतराज' है। इस दिन सूबे के सभी मंदिरों में कृष्णलीला की झाँकियाँ निकाली जाती हैं। इस दिन कृष्ण-भक्त बारह बजे रात तक उपवास-व्रत रखते हैं और आधी रात को कृष्ण जन्म के बाद लोग भजन-कीर्तन गाते हैं। महिलाएँ अपने-अपने क्षेत्रों में प्रचलित सोहर गीतों को गा-गाकर आनंदित होती हैं। प्रसाद के रूप में, विशेष तौर पर सिंघाड़े (पानी फल सिंघाड़ा) के आटे से बना हलवा खाते हैं। इस पर्व के द्वारा किशोर-किशोरियाँ जानती हैं कि सत्कार्य करना चाहिए, क्योंकि गलत कार्य करने से कंस का नाश हुआ था।

□

भुइयाँ बाबा की सामूहिक पूजा

मुसहर जाति के लोग अपने कुल देवता भुइयाँ बाबा की सामूहिक पूजा का उत्सव पारंपरिक तौर-तरीके से मई माह में मनाते हैं। पूजा का विधि-विधान हैरान करनेवाला होता है। खुली जमीन को 'भुइयाँ' कहा जाता है। मुसहर समुदाय के अधिकांश लोग खुली जमीन के नीचे ही जीवन गुजारते हैं। इसलिए अपने कुल देवता का जन्म भी वे लोग भूमि, यानी भुइयाँ पर ही मानते हैं। पूजा के लिए सबसे पहले चौकोर बाँस का घेरा कर बीचोबीच भुइयाँ बाबा का यज्ञ मंडप बनाते हैं। मंडप के पास ही मिट्टी खोदकर चूल्हा बनाया जाता है। यज्ञ स्थल के चारों कोनों पर हवन कुंड बनाया जाता है। यज्ञ मंडप स्थल से मुख्य भक्ता को आदर-सत्कार के साथ अन्य लोग स्नान के लिए ले जाते हैं, जहाँ उसे तंत्र-मंत्र के साथ विधिवत् स्नान कराया जाता है।

स्नान के दौरान चार-पाँच भक्ता ढोल, मृदंग और झाल लिये यज्ञ मंडप के घेरे में प्रवेश करके नृत्य-गीत में लीन हो जाते हैं। सबसे अंत में मुख्य भक्ता भी ढोल, मृदंग की थाप पर पारंपरिक नृत्य के साथ घेरे में प्रवेश करते हैं। घेरे के बाहर हजारों लोग हाथ जोड़कर भुइयाँ बाबा से गुहार करते रहते हैं। इसी बीच हवन कुंड एवं चूल्हे में आग लगाई जाती है। चूल्हे के ऊपर मिट्टी की हाँड़ी में दूध रखकर उसे खौलाया जाता है। हवन कुंड की धधकती आग पर भक्ता लोग चलते हैं। भक्ति लोक-नृत्य-गीत भी चलता रहता है। भक्ता खौलते दूध में हाथ डालते हैं और दूध का लेप शरीर पर करते हैं। खौलते दूध से कुछ भक्ता स्नान भी करते हैं, लेकिन हैरानी की बात यह है कि किसी भी भक्त के शरीर पर किसी तरह का असर नहीं होता है। वे सामान्य स्थिति में रहते हुए अपने कुल देवता का ध्यान करते हैं। दूध स्नान के बाद बचे हुए दूध में अरवा चावल डालकर खीर तैयार की जाती है, जिसे भक्ता के शरीर पर लेप करने के बाद पूजा समाप्त होती है। बची हुई खीर ही मुख्य प्रसाद होती है, जिसे लोग देवता का ध्यान कर माथे पर स्पर्श कर प्रसाद ग्रहण करते हैं।

□

विश्वकर्मा पूजा

विश्व में अपनी समृद्ध संस्कृति और परंपराओं के लिए भारत की अपनी विशिष्ट पहचान है। पूरे वर्ष यहाँ कोई-न-कोई पर्व-त्योहार मनाया जाता है, लेकिन विश्वकर्मा पूजा संभवत: एक ऐसा पर्व है, जिसे विश्वकर्मा जाति के लोग मनाते हैं, लेकिन अब इस पर्व को सभी समाज और वर्ग के लोग मनाते हैं। जिस तरह 14 जनवरी मकर संक्रांति के लिए निर्धारित है, उसी प्रकार भगवान् विश्वकर्मा की पूजा के लिए 17 सितंबर निर्धारित है। यह पूरे धूमधाम से मनाई जाती है। इस दिन विशेषकर कल-कारखाने, सर्विस सेंटर, बढ़ई और लोहार की दुकानों आदि में पूजा होती है। इस मौके पर मशीनों और औजारों की अच्छी तरह से सफाई की जाती है। इस दिन कल-कारखाने बंद रहते हैं और लोग श्रद्धा के साथ भगवान् विश्वकर्मा की पूजा करते हैं। भगवान् विश्वकर्मा की भव्य मूर्ति स्थापित की जाती है।

पौराणिक मान्यताओं के अनुसार, सृष्टि की रचना के उद्देश्य से भगवान् विष्णु ने विश्वकर्मा का रूप धारण किया था। शिल्पकला के व्यापक ज्ञान को उद्धृत करने के लिए सृष्टि के रचयिता भगवान् विश्वकर्मा ने ब्रह्मर्षि अंगिरा के कुल में महर्षि भुवन के रूप में जन्म लिया। पुराणों में उन्हें प्रजापति माना जाता है। भगवान् विश्वकर्मा हिंदू धर्मग्रंथों में शिल्पकला के आदि प्रणेता माने गए हैं। इस पर्व का उद्देश्य भगवान्

विश्वकर्मा द्वारा मानव जाति के लिए किए गए उपकारों का स्मरण करके उन्हें श्रद्धासुमन अर्पित करना है। भगवान् विश्वकर्मा की पत्नी ब्रह्मवादिनी के गर्भ से मनु, मय, त्वष्टा, शिल्पी तथा देवज्ञ नामक पाँच पुत्र हुए, जो क्रमशः लोहा, लकड़ी, ताँबा, पीतल, पत्थर और सोने-चाँदी का कार्य करते थे। पंचकला में निपुण विश्वकर्मा की संतानों को 'पांचाल ब्राह्मण' के रूप में जाना जाता है। वेदों के अनुसार, सतयुग में स्वर्गलोक का निर्माण भगवान् विश्वकर्मा ने किया था, जहाँ देवों के राजा इंद्र का शासन हुआ करता था। त्रेतायुग में रामायण काल में सोने की लंका का जिक्र है, जिसके बारे में किंवदंती है कि भगवान् शिव ने पार्वती से विवाह करने के बाद भगवान् विश्वकर्मा से एक भवन बनाने का आग्रह किया। उन्होंने बड़े जतन से सोने की लंका का निर्माण किया। नए घर में प्रवेश से पूर्व शिव ने प्रकांड पंडित रावण को गृहप्रवेश समारोह को संपन्न कराने का आमंत्रण भेजा और समारोह के बाद उससे मनवांछित दीक्षा माँगने को कहा। भवन की सुंदरता पर मोहित रावण ने महादेव से सोने की लंका ही माँग डाली, जिसे स्वीकार करते हुए शिव पार्वती के साथ हिमालय की ओर चले गए। पुराणों के अनुसार, विश्वकर्मा ने द्वापर युग में भगवान् कृष्ण की सुरम्य द्वारकापुरी का निर्माण किया था, जिसे कृष्ण ने अपनी राजधानी बनाया और लंबे समय तक यहाँ राज किया।

□

करमा-धरमा

मगध इलाके में 'करमा' का आयोजन भादो शुक्ल पक्ष में एकादशी को संपन्न होता है। इस दिन महिलाएँ अपने भाई की रक्षा, सुख, सम्मान और लंबी उम्र के लिए पूजा-अर्चना करती हैं। नाम से ही मालूम होता है कि करमा एकादशी कर्म की पूजा, यानी महत्ता का ज्ञान करानेवाली होती है। लेकिन करमा को बहनें मगध में भाई को झूर का पूजन कर स्मरण दिलाती हैं। व्रत कर नए वस्त्र पहने बहनें कुश के अंदर ग्यारह फलों को लपेट लंबा सा झूर तैयार करती हैं। फिर उसका पूजन कर जल अर्पित करती हैं। इस कार्य को अंतिम रूप देने तक भाई उनके साथ होते हैं। बहनें पहन-ओढ़कर एक जगह इकट्ठा हो अपने-अपने झूर गाड़ती हैं। फिर रात भर गीत, नृत्य, झूमर आदि चलता रहता है। गीत में भाई के जीवन की दुआ माँगी जाती है। इस प्रकार हँसी-खुशी उल्लासमय त्योहार और व्रत की थकान स्वयं समाप्त हो जाती है। ऐसे ही अनेकानेक बहन-भाई के राग-अनुराग के गीत गाए जाते हैं। रात भर बहनें स्वाँग बनाकर

नाचती-गाती हैं। कहा जाता है कि किरनी द्विज शर्मा नामक राजा के दो पुत्र थे—करमा-धरमा। धरमा की पत्नी धार्मिक स्वभाव की थी तो उसकी समृद्धि दिन दूनी-रात चौगुनी हो गई, लेकिन करमा की पत्नी उद्दंड थी। अतः करमा से स्वयं कर्म रूठ गया। वह खेत में बीज डालता, बीज सूख जाता। फलों के वृक्ष के पास जाता तो फल सड़ जाते। इसके लिए उसकी बहनों ने झूरकर करमा एकादशी को षोड्शोपचार पूजन किया। एकादशी के फलस्वरूप कर्म प्रसन्न हुए। षोड्शोपचार पूजन विभिन्न क्षेत्रों में भिन्न-भिन्न विधि से किया जाता है, लेकिन संपूर्ण मगध में ग्रामीण महिलाएँ अपने अनुसार कर्म के लौटने को त्योहार के रूप में मनाती हैं। शाम को स्नान करने के बाद थाली में धूप, बत्ती, चावल, सिंदूर आदि लेकर महिलाएँ जमा होती हैं, जहाँ झूर के पूजन का अनुष्ठान होता है। पूजा-स्नान से पहले गोबर-माटी से जमीन को लीप-पोतकर साफ किया जाता है। वहीं लकड़ी के पीढ़े पर मिट्टी की ओखली बनाई जाती है। झूर के पौधे को स्थापित किया जाता है। करमी की बेल से उसे बाँध दिया जाता है, यानी झूर के पौधे में चारों ओर से करमी के पौधे को लपेटा जाता है। उसके बाद शादीशुदा व कुँवारी लड़कियाँ उसके चारों ओर गोलाकार बैठकर पूजा-अर्चना शुरू करती हैं।

महिलाएँ स्वयं पूजा संपन्न करती हैं। कथा-कहानी सुनती हैं। अंत में पूजा करनेवाली महिला उस ओखली के ऊपर अपना सिर झुकाती है और केश के एक गुच्छे को एक हाथ से पकड़ लेती है। दूसरी ओर महिला उसके केश के ऊपर से धीरे-धीरे पानी गिराती है और सामा के पौधे से केश छुलाती हुई उससे पूछती है, 'भाई, नेह जुड़ गया?' वह जवाब देती है, 'हाँ, जुड़ गया।' यह पारस्परिक संवाद कई बार चलता है। फिर पूजा करनेवाली महिला अपने केश को थामे हुए अपने भाई के दीर्घ जीवन की कामना करती है। जिससे सामा के पौधे से केश को छुआ जाता है, उसकी पत्तियों में उतनी ही गिरह दी जाती है, जितने उस महिला के भाई होते हैं। पूजा करने के बाद ही महिलाएँ झूर के पास फलाहार या शरबत पीती हैं। इसके बाद सभी महिलाएँ अपने-अपने घर लौट जाती हैं। सुबह जब अँधेरा ही रहता है तो भाई झूर तथा करमी को किसी तालाब या नदी में विसर्जन करता है। बहनें पारण में बासी भात, करमी के साग और दही खाती हैं। खाने से पहले थोड़ा सा झींगी के पत्तों पर रखकर पानी में बहाती हैं और करमा-धरमा से हाथ जोड़कर प्रणाम करते हुए भाई की दीर्घायु, सुख-समृद्धि व शांति की दुआ माँगती हैं।

मनेर इलाके में मिट्टी की पाँच मूर्तियाँ बनाकर बहनें पूजा करती हैं। इन मूर्तियों में गणेश, लक्ष्मी, करमा, धरमा और माली की मूर्ति बनाती हैं। मिट्टी में ही गंगा-जमुना नाम से नदी बनाती हैं। एक में पानी और दूसरे में दूध, दोनों को मिलाने के लिए मिट्टी को दो भागों में बाँटा जाता है। दोनों को मिलाने के लिए उसमें पतला सा छेद किया जाता है। झूर

को खड़ा करने के लिए मिट्टी की ही ओखली बनाई जाती है। पूजा करने के बाद झूर के पास ही शरबत पीती हैं। सुबह होने पर उसे नदी या तालाब में विसर्जन करते हैं। पारण में बासी भात, करमी के साग और दही से झींगा के पत्तों पर रखकर, जहाँ पानी बहता रहता है, उसी स्थान पर जुड़ाया जाता है। करमा-धरमा से हाथ जोड़कर बहनें प्रणाम करती हैं। भाई के लिए मंगलकामना करती हैं।

□

महापर्व पर्युषण पर्व

जैन धर्म में पर्युषण (दस लक्षण) पर्व को 'पर्वाधिराज महापर्व' कहा गया है। इसका समापन अनंत चतुर्दशी को होता है। पर्युषण पर्व आठ दिनों तक चलनेवाला अनवरत धार्मिक क्रियाओं का पर्व है। यह अध्यात्म जगत् का विलक्षण पर्व है। बिना अन्न-जल, आमोद-प्रमोद के साधक इस पर्व में तप करते हैं। इस मौके पर मंदिरों में 'क्षमावाणी पर्व' का भी आयोजन होता है।

यह आत्मिक स्वास्थ्य के लिए कलह को क्षमा करने का पर्व है। यह व्यक्ति को इंद्रियों के स्तर से ऊपर उठकर चेतना के स्तर तक पहुँचने का उपक्रम है। साथ ही, यह आत्मशोधन का पर्व है और जो लोग आत्मशोधन करना चाहते हैं, उनके लिए यह एक स्वर्णिम पर्व है। इस पर्व के आठवें दिन 'संवत्सरि पर्व' आता है, जो वर्ष भर में किसी के

भी प्रति अविनय के क्षमा का दिन होता है। 'संवत्सरि दिन' अपने घर लौटने का दुर्लभ अवसर है। पर्युषण का वास्तविक अर्थ हुआ—आत्मा की शुद्धि। श्वेतांबर आठ दिनों तक पर्युषण पर्व मनाते हैं। इसे 'समवस्त्री' कहा जाता है।

दिगंबर लोग दस दिनों तक दस लक्षण पर्व मनाते हैं, लेकिन श्वेतांबर के पर्युषण पर्व अंतिम होता है। इस दस लक्षण पर्व के दौरान वे भी आत्मा के ही दस श्रेष्ठ लक्ष्णों की साधना करते हैं। दस लक्षण पर्व तीन बार (भादो, माघ और चैत्र के महीने के शुक्ल पक्ष की पंचमी से लेकर चतुर्दशी तक) आता है। जैन परंपरा में दस लक्षण पर्व की समाप्ति के ठीक एक दिन बाद एक विशेष पर्व मनाया जाता है और वह है—क्षमावाणी पर्व संवत्सरी या इसे क्षमा-पर्व भी कहते हैं। संपूर्ण विश्व के इतिहास में शायद यह पहला पर्व है, जिसमें शुभकामनाएँ, बधाई या तोहफे देकर कृत अपराधों के लिए सभी से माफी माँगी जाती है। इस दिन सभी लोग सभी जीवों से अपने जाने-अनजाने में किए गए अपने समस्त अपराधों के लिए क्षमा-याचना करते हैं। इस दिन जिनालयों (मंदिरों) में क्षमावाणी पूजन का विशेष आयोजन होता है। सभी लोग सामूहिक रूप से एकत्र होते हैं और पुराने वैर-भाव भूल जाते हैं। यह पर्व आत्मशुद्धि का पर्व है, जो भक्तों के लिए जीवन के कल्याण का मार्ग प्रशस्त करता है। इन दिनों जैन श्रावक दस दिनों तक पूरे भक्ति-भाव, प्रभु समर्पण के साथ विशेष तौर पर भगवान् का धर्म-ध्यान कर आराधना करते हैं।

□

मुहर्रम

इसलामिक कैलेंडर का पहला माह मुहर्रम से शुरू होता है। पैगंबर साहब के नवासे हजरत इमाम हुसैन की सन् 61 हिजरी के बाद। मुहर्रम हँसी-खुशी का त्योहार नहीं, गम का त्योहर है। वैसे तो सभी मुसलमान इसे मनाते हैं, किंतु शिया मुसलमानों में विशेष मान्यता है। मुहर्रम का चाँद दिखाई देते ही सभी शिया समुदाय दो माह और आठ दिन इमाम हुसैन के साथियों के गम में डूबे रहते हैं। घरों पर काला झंडा लटकाया जाता है। घर में कोई पकवान नहीं बनता है। महिलाएँ और लड़कियाँ पूरे दो माह और आठ दिन के लिए श्रृंगार की चीजों से दूरी बना लेती हैं। समुदाय के लोग मातम (सीना पीटना) करते हैं और हुसैन पर हुए जुल्म को याद और उसका तस्सशकरा करके अश्कद बहाते हैं। औरतें हाथ से ही सीना पीटती हैं।

इस दौरान कोई शादियाँ नहीं होती हैं और वे किसी अन्य की शादी या खुशी के किसी मौके पर भी शरीक होने से परहेज करते हैं। मुहर्रम को शिया समुदाय के लोग काले कपड़े पहनकर सड़कों पर जुलूस निकालते हैं और गम प्रकट करते हैं। जुलूस में 'या हुसैन, या हुसैन' का नारा लगाते रहते हैं। कुछ नौजवान जंजीर से मातम करके अपने खून से नहा उठते हैं। छाती पीट-पीटकर कुछ लोग अपने को भुला देते हैं। माना जाता है कि

पैगंबर-ए-इसलाम हजरत मोहम्मद के नाती हजरत इमाम हुसैन की इसी दिन कर्बला की जंग (680 ईसवी व सन् 61 हिजरी) में परिवार और दोस्तों के साथ हत्या कर दी गई थी। प्रत्येक शिया मुसलमान के घर में इन दिनों एक कमरे को इमामबाड़े का रूप दे दिया जाता है। इसके अलावा, सार्वजनिक इमामबाड़े भी होते हैं, जहाँ लोगों द्वारा पंजे और पटके लगा दिए जाते हैं। ये उनके अलम के चिह्न हैं। लकड़ी, कागज और पत्थर से बनी इमाम हुसैन की कब्र की अनुकृति और सारे दिन की मजलिस तथा मातम के बाद रात में एक मजलिस होती है, जिसे 'शाम-ए-गरीबा' कहते हैं, यानी गरीबों और लूटे गए लोगों की शाम। इसे इमामबाड़ों में रख दिया जाता है। इसे 'ताजिया' कहते हैं। शाम को मुहर्रम की मजलिस होती है। मजलिस के समय एक व्यक्ति, जिसे 'जाकिर' कहते हैं, इमाम हुसैन साहब के विचारों और आदर्शों को बयाँ करता है। वह यह भी बतलाता है कि किन कारणों से कर्बला का युद्ध हुआ था। इसमें बयाँ सुननेवाले की आँखों में आँसू आ जाते हैं। जाकिर के बयान के बाद एक व्यक्ति द्वारा खड़े होकर एक दर्द भरा गीत पढ़ा जाता है, जिसे 'नौहा' कहते हैं। इसमें कर्बला की दुःखद घटना का जिक्र होता है। इस समय इमामबाड़े में मौजूद सभी व्यक्ति अपने सीने पर दायाँ हाथ मारते हैं। इसे 'मातम मनाना' कहते हैं। अंत में जाकिर कर्बला की ओर उँगली उठाकर अरबी भाषा में कुछ पढ़ता है, जिसे जियारत करना कहते हैं। मातम मनानेवाले सुबह से न तो कुछ खाते हैं और न पानी पीते हैं। वहीं सुन्नी लोग शाम को ताजिया का जुलूस निकालते हैं। ये छोटे-बड़े ताजिए बड़े परिश्रम से बनाए जाते हैं। जुलूस के बाद ताजियों को कर्बला में प्रवाहित कर दिया जाता है। हिंदू के लड़के भी मन्नत में पैक बनते हैं, कमर में घंटियों का कमरबंद बाँधे, पाजामा छकलिया, पगड़ी, नारे-बद्धी और सलमे पहने, हाथ में मुर्छल, बाँस की कमाची या छड़ी लेकर घूमते-फिरते हैं।

पटना का सिपल काफी वजनी होता है और मशहूर होता है। सिपलों की सजावट और कसावट देखने लायक होती है। सिपल की लकड़ी के ढाँचे में पत्थर की चक्की बाँधकर वजनी बनाया जाता है। हर सिपल में दर्जनों तलवार और ढाल तलवारों की नोंक में लाल अनार। अनारों पर लिपटा रेशमी बादला, लोहे की सैकड़ों ऐनिया धूप और रोशनी में चमचम करती हैं। सिपल के आगे का हिस्सा 'सेहला' और पीछे का 'पिछुआ' कहलाता है।

□

ईद-उल-फितर

ईद मुसलमानों के लिए सर्वाधिक हर्षोल्लास का पर्व है। यह पर्व हिंदुओं की होली जैसा है। ईद का पूरा नाम ईद-उल-फितर है। ईद अरबी भाषा का शब्द है। इसका अर्थ है—प्रसन्नता या खुशी। ईद शब्द का एक दूसरा अर्थ भी बताया जाता है। ईद का अर्थ है लौटना और फितर का अर्थ खाना-पीना। यह पर्व प्रत्येक साल लौटकर आता है, इसलिए इसे ईद कहा जाता है। मुसलमान एक महीने का व्रत रखने के बाद ईद के दिन खाना-पीना शुरू करते हैं। मुसलमान लोग चंद्रमास मानते हैं। उनके बारह महीनों में एक महीने का नाम है रमजान। इस महीने मुसलमान लोग रोजा रखते हैं, यानी दिन भर का उपवास रखते हैं। रमजान की समाप्ति पर शिवाल (शब्वाल) माह की पहली तारीख को ईद का पर्व मनाया जाता है। इसलिए शाम के वक्त चाँद को देखने के लिए उत्सुक नजरें धुँधले से प्रकाश में आकाश की तरफ लगी रहती हैं। ईद का ऐलान चाँद के दीदार के बाद ही होता है, इसलिए सभी मुसलमान ईद के चाँद के दीदार के लिए उत्कंठित रहते हैं। ईद के दिन मुसलमान के घर सेवइयाँ बनाई जाती हैं। प्रत्येक मुसलमान को अपने धर्मबंधुओं के साथ ईद के मौके पर इबादत करनी होती है। ईद की नमाज अन्य किसी मसजिद में न पढ़कर ईदगाह में ही पढ़ी जाती है। ईदगाह विशाल खुली मसजिद को कहते हैं, जो प्राय: नगर के बाहर खुले मैदान में होती है। ऐसा नियम इसलिए भी बनाया गया है कि ईदगाह में आसपास के सभी लोग एक-दूसरे से मिल-जुल सकें। हिंदू, ईसाई, सिख आदि अन्य धर्मों के लोग भी ईद के दिन अपने मुसलमान मित्रों, पड़ोसियों के घर जाकर उन्हें बधाई देते हैं। सेवइयाँ खाते हैं।

□

रमजान

रमजान मुसलमानों के लिए खास महीना होता है। यह महीना इसलामी वर्ष का नौवाँ महीना होता है। इससे ज्यादा पवित्र और पावन मुसलमानों का और कोई त्योहार नहीं। इस माह के दौरान वे रोजा रखते हैं। यह तीस या उनतीस रोजे अल्लाह की तरफ से हर मुसलमान पुरुष और स्त्री पर फर्ज किए गए हैं।

रमजान के महीने को तीन भागों में बाँटा गया है, जिसे 'अशरा' कहते हैं। 'अशरा' अरबी का शब्द है, जिसका अर्थ होता है दस, यानी रमजान में दस-दस दिनों के अंतराल का एक 'अशरा' होता है। पहले दस दिन रहमत का अशरा कहलाते हैं। दूसरे दस दिन की अवधि मगफिरत की होती है। तीसरे और अंतिम दस दिन की अवधि जहन्नुम से निजात दिलाने की होती है। रमजान महीने के अंतिम दस दिनों की पाँच फूट रातें 21, 23, 25, 27 और 29 तारीख की रातें शब-ए-कद्र कहलाती हैं, जिसका अर्थ होता है—सम्मानजनक रात। रोजे के कुछ विशेष नियम हैं। सूर्योदय

से लेकर सूर्यास्त तक उपवास रखा जाता है। इसके दौरान निर्जल और निराहार रहते हैं। पाँचों वक्त की नमाज के साथ कुराने पाक का पाठ और रातों में तरावही (विशेष नमाज) अता करते हैं। सूर्योदय से पहले हलके भोजन को 'सहरी' कहते हैं। 'सहरी' का मतलब है—रात के आखिरी हिस्से (तीन से पाँच बजे तक) में खाया जानेवाला भोजन। इसलाम मजहब में सहरी की बहुत ही अहमियत है। इसलामी ग्रंथों में सहरी खाने को बहुत की सवाब (पुण्य) का हिस्सा बताया गया है और सबसे बड़ी बात यह है कि सहरी ही यहूदी और मुसलमानों के बीच फर्क डालता है, क्योंकि सुन्नी समुदायों में रोजा खोलने में जल्दी (सूर्य की लालिमा समाप्त होते ही) करने का हुक्म है, जबकि शिया में जब तक पूरा अँधेरा, यहाँ तक कि जिस्म का रोआँ भी न बुझा पाएँ, तब तक रोजा नहीं खोला जाता है। दिन भर उपवास के बाद सूर्यास्त के तुरंत बाद रोजा खोलने का समय होता है, यानी इस समय के बाद रोजादार खाने-पीने में आजाद होता है। रमजान के महीने में रोजे रखने के साथ-साथ ज्यादा-से-ज्यादा कुरान और नफिल नमाज पढ़ी जाती हैं। जकात व सदकात (धार्मिक दान) करते हैं। बिना जकात अदा किए हुए न ईद होगी और न रोजा मुकम्मल होगा।

□

बकरीद

ईद-उल-अजहा, यानी ईद-उल-जुहा का ही प्रचलित नाम है बकरीद। इस दिन दुनिया भर के इसलाम के अनुयायी अल्लाह की राह में कुरबानी करते हैं। बकरीद मुसलमानों का दूसरा महत्त्वपूर्ण त्योहार है, जो ईद-उल-जुहा की दसवीं तारीख को मनाया जाता है।

यह त्योहार इसलिए महत्त्वपूर्ण है कि पैगंबर हजरत इब्राहिम अलैहिस्सलाम ने इसी माह में अपने प्यारे बेटे पैगंबर हजरत इस्माइल को कुरबानी अलैहिस्सलाम के हुक्म से उसकी राह में कुरबान किया था, लेकिन अल्लाह-ताला ने अपने प्यारे बंदे इस्माइल अलैहिस्सलाम के बदले जन्म से भेजा हुआ भेड़ जबह (कुरबानी) कर दिया और इस तरह अलैहिस्सलाम की कुरबानी कुबूल कर ली थी। तभी से इस दिन से इस्माइल अलैहिस्सलाम की याद में बकरींद मनाई जाती है। ईद की तरह बकरीद में भी मुसलमान भाई जल्दी उठते हैं, नहाते हैं, नए कपड़े पहनते हैं और ईदगाह में बकरीद की नमाज पढ़ने जाते हैं और जमात के साथ दो रकात अता करते हैं। कुरबानी से पहले शुक्राना के तौर पर ईद-उल-जुहा की नमाज पढ़ी जाती है, फिर कुरबानी की जाती है। कुरबानी के साथ-साथ खुशी और सादमानी का इजहार किया जाता है। बकरीद के अवसर पर बकरों की कुरबानी देने का चलन मुख्य रूप से भारत में है, जबकि अरब मुल्कों में विभिन्न पशुओं की कुरबानी दी जाती है। इसके लिए आदेश यह है कि कुरबानी का मांस जरूरतमंदों व दोस्तों को बाँटने के बाद ही अपने लिए रखा जाए। बकरीद की कुरबानी में जानवर पूरी तरह स्वस्थ होता है। कुरबानी के बाद जानवर की चमड़ी गरीबों के बीच बाँट दी जाती है।

कुरबानी का मुख्य मकसद है, जिस मुसलमान को अल्लाह ने सलाहियत दी है, वह खुदा की राह में खर्च करने की आदत डाले। सबसे अहम बात यह है कि इसी माह में हाजी लोग हज अता करने के लिए 'खाना-ए-काबा' (मक्का, सऊदी अरब), यानी अल्लाह के घर जाते हैं। इस त्योहार का महत्त्व इसलिए भी है कि जब मक्का में हज पूरा

हो जाता है तो अगले दिन बकरीद पड़ती है। इसके अलावा, इसी दिन इसलाम के सबसे पवित्र ग्रंथ 'कुरान' को पूरे रूप में घोषित किया गया था, यानी 'कुरान' की आखिरी आयत भी तब तक आ चुकी थी।

□

बहुरा पर्व

यह त्योहार माँ और बच्चों के प्रेम का प्रतीक है। विशेषकर भोजपुर इलाके की महिलाओं में यह व्रत बहुत ही लोकप्रिय है। भादो के कृष्ण पक्ष की चतुर्थी को महिलाएँ दिन भर उपवास रखती हैं और शाम को स्नान कर बहुरा, बछड़े तथा सिंह की मिट्टी की मूर्ति बनाकर कथा सुनाती हैं। ब्राह्मण को साँवा का सत्तू तथा गुड़ दान करती हैं। उसके बाद खुद भी खाती हैं। इस व्रत को माताएँ अपने पुत्रों की रक्षा के लिए मनाती हैं।

□

सुहागिनों का विधवा व्रत

यह व्रत पासी समुदाय से जुड़ा है, जिसे सुहागिनें भाद्रपाद माह की अमावस्या से धारण करती हैं। वैसे हिंदू समाज में पति के निधन के बाद महिला, यानी विधवा सिंदूर नहीं लगाती है। पासी समाज की महिलाएँ पति के जिंदा रहते, अमावस्या से पूर्णिमा तक विधवा की तरह खुद का रूप धारण कर विधवा व्रत रखती हैं। इन दिनों वे भगवान् विष्णु की पूजा करती हैं। इस व्रत को लेकर कई मान्यता और कथा प्रचलित हैं। द्वापर में भाद्रपद अमावस्या के दिन ही ताड़ी उतारने के दौरान एक व्यक्ति की पेड़ से गिरकर मृत्यु हो गई। पति की मृत्यु की सूचना पाकर उसकी पत्नी भगवान् श्रीकृष्ण के पास जा पहुँची। श्रीकृष्ण नहीं थे। 15 दिनों तक पति की प्राण रक्षा को लेकर वहीं विलाप करती रही। भगवान् श्रीकृष्ण जब आए तो उसके पातिव्रत्य से प्रसन्न हो यमराज से प्राण लौटाने का आग्रह किया। यह व्रत रोहतास, भोजपुर, कैमूर और बक्सर के गंगा, काव और सोन नदी के किनारे के इलाकों व पहाड़ी क्षेत्रों में पासी समुदाय की महिलाएँ रखती हैं। परंपरा के अनुसार अमावस्या से लेकर पूर्णिमा तक यह व्रत चलता है। इस दौरान ताड़ी उतारने के लिए पति जब घर से निकलता है तो सुहागिनें अपनी माँग का सिंदूर मिटा देती हैं और शाम को जब सकुशल लौट आता है तो कृष्ण (विष्णु) की पूजा का सिंदूर लगा लेती हैं।

□

घांटो-घंटेसर

अंग क्षेत्र का लोकप्रिय पर्व घांटो-घंटेसर यानी भाई-बहन के अटूट और असीम स्नेह का पर्व। यह पर्व दक्षिणी अंग में भागलपुर से लेकर गोड्डा, देवघर और दुमका जिलों तक पूरे एक सप्ताह का मनाया जाता है। चैत्र के अंतिम सप्ताह से शुरू होकर वैशाख के प्रारंभ तक होता है यह पर्व। पर्व में बहनें अपने भाई के कल्याण और मंगलकामना के साथ सात दिनों तक अनुष्ठान करती हैं। इस दौरान वे अपने घर में निर्धारित स्थल पर घांटो-घंटेसर तथा विभिन्न देवी-देवताओं एवं लोक-चरित्रों की प्रतिमा बनाकर उनकी पूजा-अनुष्ठान करती हैं। वे व्रत भी रखती हैं। काली मिट्टी के गोल-गोल तेरह चक्र बनाए जाते हैं, जिनका धार्मिक नाम है पिंडी। इन्हीं पिंडियों पर घांटो-घंटेसर का पूरा परिवार बैठता है, जिनके आकार गढ़ते हैं कुम्हार और वहीं से लड़कियाँ डाली में रखकर उन्हें लाती हैं। पिंडियों पर स्थापित घांटो परिवार को चावल के घोल और माटी के रंगों में रँगाया जाता है और उनकी प्रशंसा और प्रार्थना में पारंपरिक गीत गाए जाते हैं। छह दिनों के लोकगीतों में साली-बहनोई का विनोद भी यहाँ मुँह खोलता है। पर्व का समापन बिसुआ पर्व के अगले दिन होता है। पर्व के समापन के अवसर पर शाम को बहनें सामूहिक रूप से बाजे-गाजे के साथ निकलती हैं। मूर्तियों और कलश का विसर्जन नदी में किया जाता है।

□

बिसुआ

अंग क्षेत्र का प्रसिद्ध लोकपर्व सतुआनी बिसुआ है। यह पर्व मुख्य रूप से संक्रांति से जुड़ा हुआ है, जिसमें रबी फसल की कटाई के बाद अपने इष्ट, पितृ एवं लोक-देवताओं की पूजा-अर्चना के बाद नई फसल से बने सत्तू को नवान्न के तौर पर ग्रहण करने की परंपरा रही है। बिसुआ पर्व में सत्तू-गुड़ का भोजन ग्रहण करते हैं और अपने दिवंगत पूर्वज के नाम पर मिट्टी के घड़े या कलश में जल भरकर महादेव एवं लोक-देवी-देवताओं सहित अपने पितृों को अर्पित करते हैं। इन जल कलशों में आम्र पल्लव, आम के टिकोले, जौ की बुकनी, खीरा, सत्तू एवं गुड़ चढ़ाने की परंपरा है। इसके बाद टिकोला व हाथ का पंखा आदि गरीबों को दान करते हैं। मान्यता है कि यह सीधे पूर्वजों को जाएगा। इस दिन लोग भोजन के तौर पर सत्तू एवं गुड़ का प्रसाद ग्रहण करते हैं। साथ ही पुदीने की चटनी, खीरा और आम के टिकोले का भी स्वाद लेते हैं। दही की लस्सी और शरबत पीने की भी परंपरा है। रात में चावल के साथ चने के बेसन से बनी बरी की रसदार सब्जी बनाई जाती है। अगले दिन सुबह घरों में चूल्हा नहीं जलता, इसलिए इसे 'बसिया परब' कहते हैं। बसिया पर्व के दिन लोग बासी भात एवं बिसुआ के दिन बनी बरी के झोर को खाकर ही इस पर्व को मनाते हैं। इस दिन लोग पतंगबाजी भी करते हैं। गौपालक बिसुआ के दिन दूध नहीं बेचते हैं और गाय-भैंस के संरक्षक देवता 'बाबा विशु राउत' को सभी दूध चढ़ा देते हैं। इसे गरमियों की शुरुआत भी माना जाता है। गाँवों में भरथरी (भतृहरि) का गुण गाया जाता है, जिसमें भगवान् विष्णु की पूजा की जाती है।

□

बिहुआ-विषहरी

प्राचीन अंग यानी भागलपुर क्षेत्र में सर्प के पूजन की पुरातन परंपरा है, लेकिन बिहुला-विषहरी पूजा के रूप में अंगभूमि में सर्पों की देवी मनसा और चंपानगरी की परम तेजस्वी बिहुला का पूजन-अनुष्ठान वृहत् पैमाने पर मनाया जाता है। सर्प के प्रति भक्ति, प्रेम और श्रद्धा के साथ मनाए जानेवाले इस लोकपर्व का महत्त्वपूर्ण स्थान है। बिहुला-विषहरी की पूजा इस क्षेत्र में पारंपरिक रूप से प्रचलित बिहुला-विषहरी की लोकगाथा पर आधारित है, जो चंपानगरी के परम शिवभक्त चांदो सौदागर और भगवान् शंकर की मानसपुत्री सर्पों की देवी मनसा के बीच हुए संघर्ष व अंततः समन्वय को दरशाती है। मनसा पूजा के रूप में प्रसिद्ध यहाँ के लोकजीवन में अपनी अलग पहचान बनानेवाला यह अनूठा पर्व है। इस पर्व के प्रति लोगों का अटूट विश्वास रहने के साथ नाग देवी एवं देवता से लोग अपने और अपने परिवार की रक्षा की मंगलकामना करते हैं। मान्यता है कि इस पूजा से समस्त विषरूपी क्लेश की समाप्ति होती है। जीवन में शांति, समृद्धि और सुख मिलता है। भागलपुर में इस पर्व के लिए शहरी तथा ग्रामीण इलाकों में एक माह पूर्व से ही तैयारियाँ शुरू हो जाती हैं। लोग ढोल, झाल, मँजीरा, घंटा, नगाड़ा आदि के साथ रात भर बिहुला-विषहरी

का महिमागान करते हैं। यह पर्व श्रावण माह की संक्रांति (अगस्त माह) को मनाया जाता है। इसी दिन सिंह नक्षत्र में सूर्य का भी प्रवेश होता है। इसके पीछे दिलचस्प लोककथा यह है कि सिंह नक्षत्र प्रवेश के साथ मनसा के प्रकोप से चांदो सौदागर के पुत्र बाला लखंदर की मृत्यु सुहागरात को

हो जाती है, किंतु बाला की पत्नी बिहुला इससे विचलित नहीं होती है और मंजूषानुमा नौका पर अपने पति का शव लेकर सदेह स्वर्गलोक जाती है। बिहुला के तेज व पातिव्रत्य धर्म से प्रभावित होकर देवलोक के देवता इंद्र न सिर्फ बाला को पुनः जीवन प्रदान करते हैं, वरन् देवी मनसा के कोप से विनष्ट उसके श्वसुर चांदो की धन-संपदा भी वापस लौटा देते हैं। इससे प्रसन्न होकर बिहुला के अनुरोध पर चांदो देवी मनसा की पूजा करने को तैयार हो जाता है और तभी से पृथ्वी लोक में देवी मनसा की पूजन परंपरा शुरू हो जाती है।

पौराणिक कथाओं के अनुसार, प्राचीन अंग प्रांत की राजधानी चंपापुरी (वर्तमान में भागलपुर) है। यहाँ शिवभक्त चांदो नामक सौदागर रहता था। चांदो सौदागर समस्त देवी-देवताओं की पूजा-अर्चना काफी श्रद्धा-भक्ति के साथ करता था, लेकिन वे सर्प देवी विषहरी की पूजा घृणा के कारण नहीं करना चाहते थे। सर्प देवी की पूजा नहीं होने से सर्प देवी चांदो सौदागर पर काफी नाराज रहती थीं। पूजा नहीं होने से उन्हें तरह-तरह के कष्ट सहने पड़ते थे। एक दिन स्वयं विषहरी ने चांदो से कहा कि अगर तुम मेरी पूजा नहीं करोगे तो तुम्हे काफी कष्ट दूँगी। तुम्हारे एकमात्र पुत्र को शादी की प्रथम रात (सुहागरात) को ही डँसकर मार दूँगी। इसके बावजूद चांदो सौदागर पूजा करने को तैयार नहीं हुए। इससे सर्प देवी की स्वर्ग में काफी निंदा भी हुई। आज भी लोगों की मान्यता है कि प्राचीन लोहे-बाँस का भवन, जिसे सर्पों से सुरक्षा के लिए बनवाया गया था, चंपानगर स्थित मानस मंदिर के नीचे दब गया है, विषहरी देवी की पूजा करने दूर-दराज से लोग आते हैं। लोग मन्नतें और कामना लेकर यहाँ माथा टेकते हैं, जिनकी मनोकामनाएँ

सर्पदेवी पूरी करती हैं। भागलपुर में विषहरी की मूर्तियों तथा कलश पर पाँच नाग की मूर्ति बनाई जाती हैं। चंपानगर के मंदिर में विषहरी देवी उस दिन सिंहासन पर विराजमान होती हैं। इस दिन यत्र-तत्र विषहरी सर्प निकलते हैं, जो शुभ लक्षण माने जाते हैं। विषहरी बिहुला की कथा अनुरूप स्थानीय विषहरी पूजा में कागजी मंदिरनुमा मंजूषा (पिटारी), जिसे सनई की लकड़ी और शोला के माध्यम से तैयार किया जाता है। कागजी पर नाग अलंकरण से युक्त बिहुला-विषहरी कथा अनुरूप प्रतीकों

को देसी रंग (पीला, गुलाबी, नीला तथा हरा) से रूपांतरित किया जाता है। चित्र को नागों के अलंकरण से ही सजाया जाता है। उसी प्रकार उपयुक्त पूजा में विषहरी देवी को ही अर्पण करने के निमित्त नाग कलश भी बनाए जाते हैं। ये मिट्टी एवं धातु दोनों के होते हैं। मंजूषाएँ, नाग कलश एवं नाग दीप देवी विषहरी को ही अर्पित किए जाते हैं।

□

अक्षय नवमी

मिथिलांचल के गाँवों में कार्तिक शुक्ल नवमी के दिन आँवले के वृक्ष की आनुष्ठानिक पूजा होती है। इसे 'अक्षय नवमी' या 'औरा नवमी' भी कहा जाता है। पुराणों के अनुसार, त्रेता युग का आरंभ इसी तिथि को हुआ था। इसी तरह वहाँ आम और महुआ के वृक्षों की युगल जोड़ी को दांपत्य का प्रतीक माना जाता है। वर या कन्या के विवाह से पूर्व आम और महुआ के वृक्षों का विवाह कराया जाता है। पाँच या सात फेरों में उन्हें कच्चे सूत से बाँधा जाता है। अक्षय नवमी के दिन आँवले के पेड़ के नीचे नए चावल से बना भात समूह में बैठकर लोग खाते हैं। मिथिला में नव दंपती के लिए कहा भी जाता है—'आमक गाछ जकां मजरब महु जकां लुबुधत है।' यानी आम की मंजरियों की तरह फलना-फूलना और महुआ फूल के मादक रस गंध की तरह आनंदित रहना।

□

नवान्न का त्योहार

नई फसल तैयार होने पर नवान्न मनाने की परंपरा काफी पुरानी रही है। अगहन माह के शुक्ल पक्ष को मनाए जानेवाला नवान्न का त्योहार नई फसल होने पर किसानों द्वारा उसे ग्रहण करने से पहले कोसी इलाके में धूमधाम से मनाया जाता है। साथ ही इस त्योहार के पीछे ऐसी मान्यताएँ रही हैं कि नवान्न त्योहार मनाए जाने से किसानों के घर में सुख-समृद्धि बनी रहती है। पौराणिक काल से चली आ रही परंपरा के मुताबिक नवान्न के दिन श्रद्धालु अपने इष्टदेव को फसल के नए अन्न का भोग तैयार कर उन्हें अर्पण करते हैं। इष्टदेव व अग्निदेव को भोग अर्पण करने के बाद नए अन्न का भोजन ग्रहण कर नवान्न का त्योहार मनाया जाता है। इस त्योहार में इष्टदेव को दही, चूड़ा, गुड़ व मूली का भोग लगाए जाने की परंपरा रही है। इस अवसर पर गुड़ और मूली खाने की विशेष परंपरा है। किसान इस त्योहार को बड़े ही उत्साह के साथ मनाते हैं और दही-चूड़ा का सेवन करते हैं। मिथिलांचल में मनाए जानेवाले पर्व-त्योहारों में अनाज का विशेष महत्त्व रहा है। कुछ वर्ष पूर्व तक नवान्न पूजा के उपरांत खलिहान में बाँस का मेह लगाया जाता था, जिसके बाद मेह के सहारे किसान धान की फसल को तैयार करते थे। धान की खेती कृषि संयंत्र से कराए जाने के कारण खलिहान में लगाए जानेवाले मेह की परंपरा लगभग समाप्त हो चुकी है।

□

बरना पर्व

पश्चिमी चंपारण में सदियों से थारू आदिवासी समाज के लोग 60 घंटे के बरना का पालन करते हैं। पेड़-पौधों की सुरक्षा के लिए थारू समाज के लोग हर साल सावन महीने के अंतिम सप्ताह में 60 घंटे तक अपने-अपने घरों में बंद हो जाते हैं। स्थानीय भाषा में इसे ही 'बरना' कहा जाता है। इस दौरान न कोई गाँव में आता है, न ही कोई अपने घरों से बाहर निकलता है। उस दिन एक तिनका तक तोड़ने की मनाही होती है। थारू समाज के लोग मानते हैं कि अगर वे बाहर निकले या कोई आया तो उनकी रोजमर्रा की इस गतिविधि से नए पेड़-पौधों को नुकसान हो सकता है। प्रकृति की रक्षा के लिए 'बरना' को थारू समाज के लोगों ने अपनी परंपरा का हिस्सा बना लिया है और यह सदियों से है।

'बरना' की शुरुआत में भव्य तरीके से हमारे आदिवासी भाई-बहन पूजा-पाठ करते हैं और उसकी समाप्ति पर आदिवासी परंपरा के गीत, संगीत, नृत्य जमकर होते हैं। थारू समाज की आबादी के जितने गाँव हैं, उनमें बैठक कर बरना की तिथि तय की जाती है। जन सहयोग से राशि जुटाकर आराध्य देव बरखाना, यानी पीपल के वृक्ष की पूजा की तैयारी होती है। जिस दिन से 60 घंटे का बरना शुरू होता है, उस दिन सुबह गाँव के हर घर से कम-से-कम एक सदस्य पूजास्थल पर पहुँचता है। इसके अलावा, महिलाएँ हलवा-पूड़ी का भोग लगाकर प्रकृति की देवी से समुदाय की रक्षा की मन्नत माँगती हैं। पीपल की पूजा भी होती है।

महिलाएँ गाँव की साफ-सफाई करती हैं, साथ ही पूरे गाँव में स्वच्छ पानी का छिड़काव किया जाता है। इसको लेकर गाँव के लोगों के द्वारा पीपल के पेड़ स्थित ब्रह्म स्थान के साथ ही धरती माता का अपार श्रद्धा के साथ पूजन करती हैं। पूजा-अर्चना में देवी-देवता को पारंपरिक पकवान का भोग लगाया जाता है, जिसे पुरुष भी दोहराते हैं। बरना में महिला की ओर से भगवान् को टिकिया पकवान का भोग लगाया जाता है, जिसे प्रसाद के रूप में हरेक घर के सदस्यों में वितरित किया जाता है। इसी तरह पुरुषों के द्वारा पूजा-अर्चना के बाद हर घर में खीर का प्रसाद वितरित किया जाता है।

□

चित्रगुप्त पूजा (दवात पूजा)

यह पर्व कार्तिक शुक्ल पक्ष की द्वितीया को संपन्न होता है। पौराणिक मान्यताओं के अनुसार, कायस्थ जाति को उत्पन्न करनेवाले भगवान् चित्रगुप्त का जन्म यम द्वितीया के दिन हुआ। कहीं-कहीं यह पूजा चैत्र शुक्ल पक्ष द्वितीया तिथि को मनाया जाता है। लेकिन संपूर्ण भारत वर्ष में कार्तिक शुक्ल द्वितीया तिथि की पूजा ज्यादा प्रसिद्ध है। इसी दिन कायस्थ जाति के लोग अपने घरों में या सामूहिक रूप से भगवान् चित्रगुप्त की पूजा करते हैं। इस दिन विद्या और ज्ञान के प्रतीक के रूप में कलम-दवात की पूजा और भगवान् चित्रगुप्त की प्रतिमा स्थापित की जाती है। गुड़ और अदरक का चरणामृत चित्रगुप्त भगवान् को चढ़ाया जाता है। इस दिन कलम का इस्तेमाल नहीं करते हैं। पूजा के आखिर में वे संपूर्ण आय-व्यय का हिसाब लिखकर भगवान् को समर्पित करते हैं। अगले दिन आय-व्ययवाले कागज को नदी या तालाब में प्रवाहित कर दिया जाता है। मिथिलांचल में चित्रगुप्त पूजा के साथ कैंची और चाकू को भी पूजा जाता है। कागज पर स्वस्तिक बनाकर पाँच देवताओं का नाम लिखा जाता है। फिर पंचांग भी लिखा जाता है। उसी समय से अगले दिन सुबह तक कलम को हाथ लगाना भी वर्जित है। यहाँ पूजा करनेवाले गुलाबी रंग की धोती पहनते हैं। इस दिन बहनों के हाथ के बने भोजन खाने की परंपरा रही है। न केवल चित्रगुप्तवंशियों के लिए, वरन् पढ़ने-लिखनेवाले लोगों के लिए भी इस पूजा का विशेष महत्त्व है।

□

सिर पंचमी

मिथिलांचल में सिर पंचमी या बसंत पंचमी का लोकजीवन में 'कृषक पर्व' के रूप में महत्त्व है। माघ शुक्ल पंचमी के दिन हलवाहे का विशेष महत्त्व है। आज ही वर्ष भर के लिए हलवाहा नियत होते हैं। किसान अगर नया हरवाहा रखना चाहे तो इसी दिन पुराने हरवाहा को बदलकर साल भर के लिए नया हरवाहे वै तसबीया कर रखते हैं। इनकी पीठ पर सिनूर (सिंदूर)-पिठार का थापा स्त्रियाँ लगाती हैं। उन्हें अच्छा भोजन कराती हैं। गृहिणियों द्वारा हल की पूजा की जाती है। हल के नास (नोक) को धान में डुबोकर धान हलवाहों को दे दिया जाता है। दूब, अक्षत (अरबा चावल) व सिनूर (सिंदूर) से हल की पूजा होती है। इस दिन अनिर्वायत: एक आतंड़ (फेरा) खेत हलवाहा जोतते हैं। किसानों द्वारा बैलों का शृंगार और लक्ष्मी पूजन किया जाता है। बैलों के सींग में मक्खन, सरसों का तेल, गुड़ आदि लगाया जाता है। इसी दिन से किसान खेती की शुरुआत करते हैं।

□

सामा-चकेवा

सामा-चकेवा मिथिलांचल का नितांत मौलिक पर्व भाई-बहन के अटूट प्रेम का पर्व है। सामा-चकेवा पर्व कार्तिक माह में मिथिला की बहनें अपने भाई के लिए बड़े उल्लास व उमंग के साथ मनाती हैं। वास्तव में, बहनें यह पर्व अपने भाई के उत्थान की कामना के लिए मनाती हैं। यह लोकपर्व कार्तिक मास की सप्तमी, यानी महापर्व छठ की समाप्ति के दिन से लेकर पूर्णिमा तक मनाया जाता है। इस नौ दिवसीय लोकपर्व सामा-चकेवा में भाई-बहन के सात्त्विक स्नेह, प्यार व ममता की गंगा निरंतर प्रवाहित होती रहती है। इस दौरान प्रत्येक गाँव और घरों की महिलाएँ व युवतियाँ शाम से देर रात तक सामा-चकेवा से संबंधित लोकगीतों का गायन करती हैं, जिसकी गूँज से ग्राम्य संस्कृति जीवंत हो उठती है। शाम ढलने के बाद चूल्हा-चौका से छुटकारा पाकर महिलाएँ-लड़कियाँ अपने-अपने घरों से सामा-चकेवा लेकर आ जुटती हैं।

लोक-संस्कृति से जुड़े इस पर्व के संबंध में कहा जाता है कि भगवान् कृष्ण की बेटी का नाम श्यामा था। श्यामा ऋषि-मुनियों के आश्रम में आया-जाया करती थीं। चूड़क नामक एक दुष्ट ने श्यामा पर झूठा लांछन लगाते हुए कृष्ण से उसकी शिकायत

कर दी। श्रीकृष्ण ने क्रोध में आकर श्यामा को पक्षी बन जाने का श्राप दे दिया। श्यामा के पति चारुवक्य (चक्रवाक) महादेव की आराधना कर स्वयं भी पक्षी रूप प्राप्त कर अपनी प्रियतमा श्यामा के संग हो चले। जब भाई शांबा को अपने बहन–बहनोई के पक्षी हो जाने की खबर मिली तो उसने भगवान् विष्णु की कठिन तपस्या की और फिर से श्यामा–चारुवक्य अपने पुराने रूप में लौट आए। चूड़क वृंदावन में आग लगा देता है। इंद्र भगवान् को प्रसन्न कर शाम्बा वर्षा कराकर बहन–बहनोई की रक्षा करता है। इसके साथ ही इस पर्व की शुरुआत हुई। तभी से यह पर्व भाई–बहन के प्रेम के रूप में मनाया जाता है। यह पर्व हिमालय की तलहटी से लेकर गंगा तट तक और चंपारण से लेकर मालदा (पश्चिम बंगाल, दीनापुर) तक मनाया जाता है।

इस पर्व में सामा–चकेवा की मिट्टी की मूर्ति होती है, जिसकी पूजा मिथिला की महिलाएँ व युवतियाँ करती हैं। खास बात यह है कि महिलाएँ स्वयं इन मूर्तियों को गढ़ती हैं, जिनमें सामा–चकेवा, सतभइया, वृंदावन, चुगला, ढोलिया, बजनियाँ, झाँझी कुत्ता, मिथिला में पाए जानेवाले विभिन्न प्रकार के पक्षी एवं घरेलू साज–सामान मिट्टी का होता है। सामा–चकेवा का मुँह नारी का और शरीर पक्षी का होता है, जो सौंदर्य का प्रतीक है। सामा–चारूवक्य की पक्षी देहवाली मानवकृत मूर्ति तथा चूड़का की सींक–सी देहवाली राक्षस की मुखाकृति बनाई जाती है। नए फूस के तिनकों से वृंदावन तथा पटुओं के लंबे–लंबे रंगों की मूझों से युक्त चूड़क की मूर्तियों को प्रत्येक रात थोड़ा–थोड़ा जलाकर (काला) शत्रु की भर्त्सना की जाती है। इसके बाद अंदी धान (धान की एक किस्म) के चावल का पिठार घोलकर सभी मूर्तियों को पोता जाता है, फिर उन लिपी–पुती मूर्तियों पर रंग–बिरंगे लाल, हरे, पीले, गुलाबी, जामुनी, बैंगनी आदि रंगों की सुंदर नक्काशी की जाती है। सींकी या बाँस की बड़ी डलिया में इन मूर्तियों को सजाकर रखा जाता है। उनमें पान, सुपारी, मखाने, दूध, बालियाँ रखी जाती हैं। खेलते समय दीप जलाया जाता है।

इस लोकपर्व का खेल

भी बड़ा ही मनोरम होता है, क्योंकि कार्तिक मास की शरद चाँदनी में रात में अधर्प धान की क्यारियों के बीच लोकगीतों की सुरसुधा में बेसुध गाँव की बालाएँ, साथ में स्त्रियाँ सिर पर सामा-चकेवा की बनी मूर्तियाँ, रंग-बिरंगे कपड़े सजा व दीपक जलाकर सामा-चकेवा खेलने निकलती हैं। लड़कियाँ एवं महिलाएँ गाँव-टोलों की परिक्रमा करती हुई तालाब, खेत-खलिहान में जमा होकर सामा-चकेवा खेलती हैं। बहनें जहाँ 'साम-चक साम-चक अबिह हे जोतला खेतमे बैसिह है, गाम के अधिकारी तोहें बड़का भैया हो हाथ दस पोखरि खुना दियौ, सामा खेलय गेलियै बड़का भैया अड़ना भौजे लेल डाला छीन' आदि गीतों के साथ खेल-खेल में निर्मित मूर्तियों का डाला आपस में फेर-बदल करती हुईं, चुगल को कालिख लगाती हैं। इसके बाद खंड से बनी वृंदावन में आग लगाती हैं और बुझाती हैं। सामा-चकेवा का यह खेल खेलती हुई स्त्रियाँ झूमर गाती हुई वापस लौट जाती हैं। सामा-चकेवा का विशेष श्रृंगार किया जाता है और उसे खाने के लिए हरे-हरे धान की बालियाँ दी जाती हैं और रात्रि में उसे महिलाओं द्वारा खुले आसमान के नीचे ओस में छोड़ दिया जाता है। यह क्रम पूर्णिमा तक चलता है। कार्तिक पूर्णिमा की रात सामा का मायके से वापस ससुराल जाने का होता है, यानी पर्व का समापन होता है। इस रात महिलाएँ सामा-चकेवा को नए वस्त्रों में सँजोकर धान, दूब, हल्दी उसके आँचल में बाँधती हैं। सामा को काजल लगाती हैं और मिट्टी के बने बरतनों में अन्न भरती हैं।

नव अन्न का चूड़ा-दही, गुड़ आदि का भोग लगाती हैं। ये सभी कार्य गृहदेवता के समक्ष किए जाते हैं। संपूर्ण कार्य को करते हुए गृह देवता की पूजा कर लड़कियाँ अपने भाइयों से सामा-चकेवा को घुटनों से फोड़ने को कहती हैं और उसी समय बहन भाई को प्रसाद देकर वृंदावन में आग लगाती हैं। केले के पेड़ का बेरा बनाकर, भाई अपने माथे पर सामा को उठाकर नदी या तालाब में विसर्जित करता है, तो कहीं-कहीं जुते हुए खेत में गाड़ देता है। विसर्जन के मौके पर पुरुष, महिलाओं एवं लड़कियों का मन उदास हो जाता है। सभी की आँखें डबडबा-सी जाती हैं। विसर्जन के दौरान महिलाएँ सामा-चकेवा से फिर अगले वर्ष आने का आग्रह करते हुए 'जोतला खेत में सामाचको-सामचका अबिहै हे, जोतला खेल में बैसियह हे, सब रंग परिया ओछिबइह हे, भइया के आशीष दी हे' गीत गाती हैं।

□

कोजागरा

कोजागार को मिथिला का अति विशिष्ट पर्व माना जाता है। मैथिल ब्राह्मणों एवं कायस्थ परिवारों में नवविवाहित दूल्हों के लिए यह सबसे बड़ा लोकपर्व है। यह पर्व आश्विन शुक्ल पक्ष पूर्णिमा को, यानी विजयादशमी के पाँचवें दिन शरद पूर्णिमा (रास पूर्णिमा) की रात्रि को मनाया जाता है।

इस पर्व में पूरी रात घर-आँगन में दीपक जगमगाते रहते हैं। यह पर्व मुख्यतः धन की देवी लक्ष्मी की पूजा-अर्चना का है, इसलिए अधिकांश घरों में लक्ष्मी की पूजा होती है। पूजा के समय स्त्री-पुरुष पीला वस्त्र धारण करते हैं। कोजागरा पर्व में विद्यापति के लोकगीत गाए जाते हैं। इस पर्व में कुलदेवता तथा माँ लक्ष्मी को प्रसाद के रूप में अन्य वस्तुओं के अलावा मखाने का भोग लगाया जाता है। इस दिन अधिकांश घरों में खीर बनाकर रात भर उसे चाँदनी रात में रखा जाता है और अगले दिन परिवार के सभी लोग उसे प्रसाद के रूप में ग्रहण करते हैं। ऐसी मान्यता है कि शरद पूर्णिमा के अमृत अंश से अभिसिंचित होने के बाद उस खीर में भी वह अंश आ जाता है। नवविवाहित वर को चुमाया जाता है। इस अवसर पर नवविवाहिता के यहाँ से वर के लिए नए वस्त्र, चुमाओन का भार,

जिसमें चुमाओन की सामग्री होती है और मखाने, दही, मिठाई आदि का भार भेजा जाता है। लेकिन लड़कीवाले नवविवाहित दूल्हे के यहाँ अपनी हैसियत के अनुसार उपहारस्वरूप मखाने भेजते हैं। मखाना शब्द संस्कृत के मख और अन्न शब्द से मिलकर बना है। 'मख' का अर्थ है यज्ञ और 'अन्न' माने अनाज, यानी यज्ञादि में प्रयुक्त होनेवाला पवित्र अनाज।

ससुराल से ही आए नए परिधानों को पहनकर वर को चुमाया जाता है। वर के आगे पुरहर–पातिल, काजर–कजरौटा आदि भी रखा जाता है। पातिल में दीप जलते रहना अनिवार्य है। इस तरह चुमाओन के अवसर पर पाँच ब्राह्मण अक्षत ले, मंत्रोच्चार के साथ वर को आशीर्वाद देते हैं। चुमाओन के बाद पड़ोसियों व सगे–संबंधियों के बीच मखाने, पान, मिठाइयाँ आदि बाँटे जाते हैं।

जहाँ चुमाओन किया जाता है, उस स्थान को पवित्र कर अरिपन बनाया जाता है। चुमाओन में बाँस के डाले में लाल धान, मखाने, दही, चाँदी की कौड़ी, सुपारी, जनेऊ, हत्था केला, चंदन, पान की ढोली आदि रखने का विधान है। इस मौके पर भाभी के साथ लड़के को पच्चीसी कौड़ी खेलने की भी परंपरा है। चुमाओन के बाद दूल्हे द्वारा अपने साले के साथ चाँदी की कौड़ी से पच्चीसी खेलने का रिवाज है, जो महिलाओं और बच्चों के लिए विशेष आकर्षण का केंद्र होता है।

मिथिला में पर्व के मौके पर गोसाईं घर यानी देवता घर करने का प्रचलन है। गोसाईं

घर मिथिला में कुल देवता के रूप में पूजित होनेवाली एक विशेष पीठ से है। कोजागरा के दिन संध्याकाल में घर कुल श्रेष्ठ गृहिणी गोसाईं घर की सीढ़ी के पास गोसाऊनि की पीठ तक एक प्रकार का अरिपन बनाती है। ऐसी मान्यता है कि इस लंबे अरिपन पर होकर महालक्ष्मी घर में प्रवेश करती हैं। इसलिए इस अरिपन के सबसे नीचेवाले कमल के बीच दो पदचिह्न प्रवेश के समय और उसके बाद एक-एक पदचिह्न आगे घर की ओर बढ़ने के भाव से दिया जाता है। फिर पीठ के पास ऊपर वाले कमल पर रुकने के भाव से दो पदचिह्न बनाए जाते हैं।

इस दिन लोग घर-आँगन को साफ-सुथरा करते हैं। पूजा घर के द्वार पर केले के पौधे (थम्ह) लगाए जाते हैं। अरवा चावल के चूर्ण को पानी में मिलाकर अरिपन बनाया जाता है। अरिपन, शंख कमल का फूल तथा भगवती का पदचिह्न पूजाघर की ओर जाता है और उस पर सिंदूर लगा दिया जाता है। पीठ के आगे जल से भरे कलश पर पाँच पल्लव (आम के पत्ते) तथा नारियल रखकर भी पूजा की जाती है। व्रत में प्रसाद के रूप में भीगे चने, पाँच प्रकार के फल और मिठाई, नारियल, पान-सुपारी तथा मखाने आदि बाँटने का विधान है। दिन भर उपवास के बाद रात में पूजा के बाद भोजन ग्रहण करते हैं। लोक-मान्यता है कि मिथिला में बलित नाम का एक विद्वान्, उदारचेता व स्वाभिमानी व्यक्ति था। वह जितना ही संतोषी एवं दृढ़ था, उतना ही निर्धन भी। लक्ष्मीविहीन होने से उसकी पत्नी उसे हमेशा कोसती (उलटी-सीधी बात कहती) रहती थी। रोज-रोज की खटपट से ऊबकर बलित लक्ष्मी की खोज में निकल पड़ा। उसने जंगल को ही अपना आश्रय बना लिया। धीरे-धीरे जानवरों से उसकी दोस्ती हो गई। एक रात जंगल की नाग कन्या ने व्रत का अनुष्ठान किया। उस व्रत में रात्रि जागरण आवश्यक था। फलस्वरूप नाग कन्या को द्यूतक्रीड़ा (जुआ) के लिए एक साथी की आवश्यकता पड़ी तो उसने बलित को बुलाया। पहले तो बलित ने इनकार किया, लेकिन इस खेल के सही मायने पता चलने पर तैयार हो गया। यही कारण है कि कोजागरा व्रत में लोग पूरी रात द्यूतक्रीड़ा खेलकर काटते हैं। यह खेल पीतल की थाली में खेला जाता है। आम धारणा है कि रात में लक्ष्मी आती हैं और यह देखती हैं कि कौन जाग रहा है? बाद में धन की देवी लक्ष्मी प्रसन्न हो, व्रतधारी को धन से भर देती हैं।

□

मधुश्रावणी

मिथिला क्षेत्र में नवविवाहिताओं की पायलों की रुनझुन और चूड़ियों की खनखनाहट से गुलजार होनेवाला प्रसिद्ध लोकपर्व है मधुश्रावणी। इसका आरंभ नागपंचमी (सावन माह) के दिन और पारण मधुश्रावणी के दिन होता है।

नागपंचमी की विशिष्ट पूजा के साथ ही 15 दिनों तक चलनेवाले इस प्रसिद्ध लोकपर्व मधुश्रावणी में मिथिलाचंल की नवविवाहित महिलाओं की किलकारियों एवं अमराइयों में धमा–चौकड़ी का सिलसिला शुरू हो जाता है। अपने सुहाग की दीर्घकालीन रक्षा के लिए अपने मायके में मनाया जानेवाला अपनी तरह का यह अनूठा पर्व है, जिसे केवल नवविवाहिता महिलाएँ ही मनाती हैं। मधुश्रावणी की परंपरा मिथिलांचल में हजारों वर्षों से प्रचलित है। इस दौरान प्रत्येक दिन नवविवाहिताएँ सोलह शृंगार कर हँसते–खेलते इस महत्त्वपूर्ण पूजा की प्रक्रिया को पूरा करती हैं, क्योंकि यह पूजा इन महिलाओं को जीवन में एक ही बार करनी होती है।

मधुश्रावणी पूजा के तहत नागपंचमी के दिन देवी विषहरी की पूजा (नाग पूजा) और सर्प दर्शन करने के बाद नवविवाहिताएँ अगले चौदह दिनों तक नमक का सेवन नहीं करती हैं। इस अवधि में वे ससुराल से भेजे गए अरवा चावल और चूड़ा भोजन के

रूप में ग्रहण करती हैं तथा ससुराल पक्ष द्वारा भेजे गए वस्त्र ही पहनती हैं। इस दौरान नवविवाहिताएँ 14 दिनों तक कोहबर द्वार पर जमीन पर ही बिस्तर बिछाकर शयन (सोती) करती हैं, क्योंकि पर्व के दौरान पलंग या चौकी पर सोना वर्जित है।

मधुश्रावणी पूजा करनेवाली महिलाएँ प्रतिदिन सुबह स्नान कर गौरी की पूजा-अर्चना करती हैं और मिथिला के पारंपरिक लोकगीत गाती हैं। पूजा संपन्न होने के बाद नवविवाहिता गौरी-शिव की कथा सुनती हैं। इस पूजा की एक अनूठी विशेषता यह है कि इसमें ताजे फूल और पत्तियाँ वर्जित हैं तथा यह पूजा बासी फूलों एवं बासी बेलपत्र से की जाती है।

पूजा के लिए महिलाएँ प्रतिदिन दोपहर में फूल और पत्तियाँ एकत्र करती हैं। इनमें जूही, अगर, तगर, नीम, अनार और मेहँदी के फल या पत्ते तोड़े जाते हैं, जो इस पर्व के लिए महत्त्वपूर्ण माने जाते हैं, जिन्हें अगले दिन सुबह पूजा में प्रयोग करती हैं। पूजा के बाद फूलों को फेंका नहीं जाता, बल्कि पूजा स्थल पर ही रखा जाता है, जिसे 14 दिनों के बाद पूजा समाप्ति पर फेंक दिया जाता है।

पूजावाले कमरे को अच्छी तरह सजाया जाता है। गोबर से लीपकर तरह-तरह के अरिपन बनाए जाते हैं। इसमें एक खास शैली अपनाई जाती है। अरिपन के बीच में बालू रखकर उस पर नया घड़ा रखा जाता है, जिसे 'कलश' कहते हैं। घड़े पर पाँच सर्पों की आकृति गोबर से उकेरी जाती है। इसके दक्षिण में सूर्य तथा चंद्रमा की अल्पना उतारी जाती है। इसके पश्चिम में नवग्रह की आकृतियाँ बनाई जाती हैं। कलश से हटकर पश्चिम में दो-तीन फलोंवाला अरिपन, उत्तर में कुसुमावती के लिए तथा दक्षिण भाग में लीली का अरिपन लिखा जाता है। उत्तर में एक मैना पत्ते का बड़ा चित्र बनाया जाता है, जिस पर एक सौ नागिनों के चित्र उकेरे जाते हैं। इन दो अरिपनों के बीच गौरीजी का पाँच फलोंवाला एक चित्र बनाया जाता है। प्रसाद के लिए चूड़ा की लाई, लावा चीनी, अरवा

चावल, आम, कटहल, केला और अंकुरित चने का उपयोग होता है। धान, चुरहर, पातिल और दूध के साथ अनेक वृक्षों के पत्ते पूजा के लिए रखे जाते हैं। नागपंचमी के दिन नवविवाहिता प्रायः स्नान कर लाल-पीली साड़ी और लहठी पहनकर माँ भगवती के स्तुति गीत सुनाती हैं और उन्हें प्रणाम कर पूजा स्थल पर बैठती हैं। तब पातिल, चुरहर और कलशवाले अरिपन पर पहले कुछ बालू रखकर जल से सिक्त कर (छिड़ककर) थोड़ा धान रख देती हैं। तब तीनों वस्तुओं को अपने-अपने स्थान पर रखकर कलश को जल से भर कर आम के पल्लव (पत्तों) से ढक देती हैं। तब पातिल में एक दीया जला देती हैं। इसके बाद नवविवाहिता आसन लगाकर बैठ जाती हैं और सहेलियाँ, आस-पड़ोस की बुजुर्ग महिलाएँ गौरी से संबंधित लोकगीत गाती हैं। गौरी, जो हाथी पर चढ़ी हो, उनकी पूजा की जाती है। पूजा के बाद ससुराल से आए चूड़ा-दही, आम, कटहल, केले का लोगों को भोजन कराया जाता है। इसके बाद वे स्वयं खाती हैं।

मधुश्रावणी से एक दिन पहले कलश के अलावा सभी देवताओं का विसर्जन होता है। इस दिन दूल्हा ससुराल आता है, उसका परिछन (स्वागत) होता है। मधुश्रावणी के दिन दूल्हे को नया पाग, दुपट्टा व परिधान पहनाया जाता है। दुलहन की पीठ पर हाथ रखकर वही पीछे बैठता है। विधि-व्यवहार के बाद दूल्हा पुनः सिंदूर दान करता है। पारण होता है। कन्याओं को भोजन कराया जाता है, वह भी बिना नमक का।

□

झिझिया

मिथिलांचल, उत्तर बिहार और भोजपुरी क्षेत्र के गाँवों में लड़कियों द्वारा दशहरे में झिझिया रखा जाता है। यह परंपरा सदियों से अनवरत चली आ रही है। लोकमान्यता है कि दशहरे के दौरान डायन और जोगन तंत्र साधना करती हैं। तंत्र-मंत्र को सिद्ध करती हैं। इन अभिशापों से बचने के लिए और उनके कुप्रभाव को कम करने के लिए झिझिया रखा जाता है। शारदीय नवरात्रि के प्रथम दिन से नवमी तक मिट्टी के घड़े में सैकड़ों छिद्र कर झिझिया बनाया जाता है। झिझिया में दीया रखा जाता है। मिट्टी के ही ढक्कन से घड़े को ढक दिया जाता है। झिझिया रखनेवाली लड़कियाँ सूर्यास्त के बाद एक जगह जमा होती हैं। सैकड़ों छिद्रवाले मिट्टी के घड़े में जलता हुआ दीया रखकर उसे नचाते हुए 'खो-खो डयनी चेल्हवा मछरिया बरहम बाबा जइहें त माटी कोड़ ले अइहें, बरमाहिन झिझिया बनहियें है झिझिया' जैसे लोकगीत गाती हुई पूरे गाँव में घूमती हैं और परवी माँगती हैं। लड़कियों के समूह में किसी एक लड़की के सिर पर यह घड़ा रहता है, जिसे वह नचाती रहती है। यह दृश्य बड़ा ही आकर्षक होता है। साथ ही लड़कियों को उन्मुक्त हो नाचने-गाने, हँसी-ठिठोली करने का मौका मिलता है।

लोकमान्यता यह है कि जलते दीयेवाले झिझिया के छेद को अगर डायन गिन लेगी तो झिझिया का प्रभाव समाप्त हो जाएगा, इसलिए झिझिया हमेशा नाचता रहता है। दशमी के दिन झिझिया का विर्सजन (भसान) होता है। झिझिया रखनेवाली लड़कियाँ झिझिया को बहुत ही सँजोकर रखती हैं।

□

नागपंचमी

मिथिला में नागपंचमी लोकोत्सव के रूप में मनाया जाता है। मिथिला में इसे 'लगपांच' कहते हैं, क्योंकि मैथिली में 'न' का उच्चारण 'ल' होता है। इस अवसर पर नागदेवी का आवेश ग्रहण कर भगता नृत्य में तल्लीन हो जाता है। उसके पीछे फूल-अक्षत और बेंत लिये डलवाह डोलता चलता है। उसके पीछे ढोल, झाल, झाँझ आदि बजाते हुए बजनियाँ का दल गहबर देवी मंदिर और उसके आगे स्थित पीपल के पेड़ की परिक्रमा करता है। गाँववालों के दु:ख-दर्द को गंभीर भाव से सुनकर उन्हें आशीर्वचनों से भगता आश्वस्त करता है। गहबर में नागदेवी के भक्ति भरे लोकगीत गाए जाते हैं। उनसे मनौतियाँ माँगी जाती हैं। भगता का आशीर्वाद प्रसाद रूप में ग्रहण कर गाँव के लोग कम-से-कम साल भर के लिए नागों के आतंक से अपने को सुरक्षित समझते हैं। मिथिला में नागपंचमी के अवसर पर नागदेवी और नाग की मूर्तियाँ बनती हैं। नागदेवी की ये मूर्तियाँ काफी चित्ताकर्षक और प्रभावोत्पादक होती हैं। देवी के सिर पर नाग का मुकुट होता है। देवी की खड़ी मूर्ति के बाएँ हाथ में साँप होता है और दाहिना हाथ अभय मुद्रा में होता है। नागपंचमी के दिन घर की देहरी एवं दीवारों को गोबर से बनी नाग रेखा से बाँधा जाता है। नागों की मिथुन मूर्तियाँ एवं चित्र भी बनते हैं। वहीं मिथिलांचल के समस्तीपुर क्षेत्र में साँप को प्रतीक के रूप में नहीं, प्रत्यक्ष रूप से पूजा जाता है। इस दिन मिट्टी के बरतन में लावा-दूध नागों के लिए रखा जाता है। इसमें तक्षक नाग की पूजा का विधान है। इसके अलावा, नागपंचमी में उस रात घर के चारों ओर कुश टाँगते हैं और मंत्रसिक्त बालू का छिड़काव करते हैं। यह सब शायद साँप से बचाव के लिए वे करते हैं। वहीं मगध इलाके में पंचमी को दीवारों पर चूने एवं गोबर से साँप की आकृतियाँ बनाकर उन पर सिंदूर डाला जाता है। लावा-दूध से सर्प की पूजा की जाती है। भोजपुर में नागपंचमी में घर की दीवार पर गोबर से साँप का चित्र बनाया जाता है। कटोरे में दूध लेकर सर्पों के संभावित स्थानों पर रख दिया जाता है। इसके पीछे मान्यता यह है कि सर्प काटेंगे नहीं और आशीर्वाद में नागराज सुंदर-स्वस्थ पुत्र देंगे।

□

चौठ चंदा

चौठ चंदा, यह मुख्य रूप से गणेश की आराधना का पर्व है। खासकर उत्तर बिहार में भाद्रपद की चतुर्थी को यह पर्व काफी धूमधाम से मनाया जाता है। प्रकृति के इस पर्व में व्रत करनेवाले चंद्रमा की पूजा करते हैं। इस व्रत को परिवार की स्त्री या पुरुष कोई एक सदस्य करता है। मिथिला के हर घर में चौठ चंद्र की धूम रहती है। आँगन में गोबर से लीपकर चौका बनाया जाता है। महिलाएँ दिन भर निर्जला रह शाम में विधिपूर्वक चंद्रमा की आराधना के इस पर्व की रस्में पूरी करती हैं। इस रात ढलपल साँझा, यानी ढलती शाम में आँगन में महावीरी ध्वजा या तुलसी चौरा के व्रती चाँद उठाने के साथ उन्हें बाँस के डाले में खीर-पूड़ी, केला, दही (दही मटकुरी), फल, मिठाइयाँ आदि केले के पत्ते पर सजाकर, व्रती फ़ल-फूल हाथ में लेकर उदीयमान चंद्रमा को अर्घ्य देते हैं। इसके बाद अपने परिवार और संबंधियों के लिए सुख-समृद्धि की कामना करते हैं तथा साथ बैठकर प्रसाद ग्रहण करते हैं। आस-पड़ोस के लोगों को आमंत्रित किया जाता है और पूजा के बाद उन्हें भोजन कराया जाता है। वैदिक मंत्रों का उच्चारण कर चंद्रमा का दर्शन करते हैं। परंपरा है कि हाथ में कोई फल लेकर चंद्रमा के दर्शन किए जाते हैं।

□

तुसारी

मिथिलांचल में कुँवारी लड़कियों का यह एक अति महत्त्वपूर्ण व लोकप्रिय पर्व है। तुसारी मकर संक्रांति के दिन से शुरू होकर एक महीने तक चलता है। इस पर्व में कुँवारी लकड़ियों द्वारा एक माह तक ब्रह्म मुहूर्त में प्रतिदिन विशेष पूजन किया जाता है। इस पर्व के माध्यम से मनचाहे पति की कामना से मिथिलांचल की लड़कियाँ भगवान् शंकर और पार्वती से वरदान माँगती हैं। कुँवारी लड़कियों द्वारा गौरी पूजन की परंपरा मिथिलांचल के अलावा अन्यत्र और देखने को नहीं मिलती। दस–बारह वर्ष की छोटी उम्र से विवाह होने तक प्रतिवर्ष कुँवारी लड़कियाँ तुसारी पर्व करती हैं। पूजन सामग्री में अरवा चावल के पीसे हुए आटे को तीन रंगों में तैयार किया जाता है। कुम्हार द्वारा इसी उद्देश्य से तीन पागों का संयुक्त रूप से तैयार किया गया लगजोरी होता है। इसके तीनों पागों में लाल, पीला और सफेद आटा रखा जाता है। सिंदूर मिलाकर लाल चूर्ण और हल्दी मिलाकर पीला चूर्ण तैयार किया जाता है। पूजा से प्रतिदिन गाय के गोबर का आसन (अल्पना) संध्या काल में बनाया जाता है। प्रातः काल उसी तीन दिशाओंवाले अश्विन पर कुमारी कन्याएँ तुसारी पूजती हैं। पूर्व दिशा में लाल (सूर्य के निमित्त), दक्षिण में सफेद (गंगा के निमित्त) होता है। उत्तर दिशा में पीले चूर्ण से पूजन किया जाता है। तुसारी का जो मंत्र है, उसे तांत्रिक मंत्र कहा जाता है। इसमें विवाहोपरांत अखंड सौभाग्य सीता जैसा सतीत्व और गंगा जैसी पवित्रता के लिए नमस्कार का भाव निहित है।

फाल्गुन संक्रांति के दिन इस पर्व का विधिपूर्वक समापन होता है, जिसे 'निस्तार' (छुटकारा) कहा जाता है। इस दिन कुँवारी लड़कियाँ व्रत रखती हैं और दिन में पूजा होती है। आँगन में अरिपन बनाया जाता है। उसके आगे पूर्व की ओर मिट्टी के बरतन, उत्तर की ओर वसनी और दक्षिण की ओर मटकुरी में एक–एक पकवान रखा जाता है। आस–पड़ोस की बड़ी–बुजुर्ग महिलाएँ महादेव का लोकगीत गाती हैं और इस दौरान लड़कियाँ पूजा करती हैं। यहाँ अरिपन पर कुँवारी लड़कियाँ गौरी पूजन करती हैं। पूजा में जिस सुपारी का प्रयोग किया जाता है, उसे प्रातः काल जल में विसर्जित

कर दिया जाता है। निस्तार के दिन नए परिधान पहनकर लड़कियाँ विधिपूर्वक पूजा संपन्न करती हैं और अंत में मिट्टी के बरतन को पड़ोस की महिलाओं के बीच बाँट दिया जाता है। इस दिन व्रती लड़कियाँ एक बार खीर का भोजन पाँच सुहागन स्त्रियों के साथ बैठकर करती हैं।

□

सप्ता-डोरा

लोक-आस्था का महापर्व सप्ता-डोरा, जो मिथिलांचल में काफी प्रसिद्ध है। होली के दिन से ही सप्तडोरा (डोरा) पर्व शुरू हो जाता है। यह पर्व घर-परिवार की समृद्धि और पति-पुत्र की दीर्घायु की कामना को लेकर अंग और मिथिलांचल में मनाया जाता है। नहाय-खाय के साथ पर्व की शुरुआत होती है, फिर खरना और भगवान् भास्कर को अर्घ्य देने के साथ इस पर्व का समापन होता है। यह पर्व नियमित रूप से तीन दिन तक किया जाता है।

गाँव की महिलाएँ बड़ी ही श्रद्धा-भक्ति भावना और नियम के अनुसार करती हैं। कथावाचिका प्रत्येक रविवार को डोरा पर्व से जुड़ी पौराणिक कथा सुनाती हैं। पवनैतिक कथा श्रवण के बाद ही जल ग्रहण करती हैं। वैशाख माह में रविवार को विसर्जन होता है। विसर्जन में महिलाएँ एक जगह झुंड में बैठ कथा सुनती हैं। पर्व के पहले दिन पुए का नैवेद्य दिया जाता है, जबकि अंतिम दिन सोहारी में घी लगाकर नैवेद्य चढ़ाने की परंपरा है।

□

जूड़शीतल

मिथिला में जूड़शीतल नामक दो दिन का पर्व मनाया जाता है। मिथिला इलाके में इस मौके पर मनाया जानेवाला पर्ब जूड़शीतल कई मामलों में अनूठा है। यह मिथिलांचल में मेष संक्रांति के अगले दिन मनाया जाता है। इस पर्व में खासतौर पर चूल्हों की पूजा करके उन्हें एक दिन का आराम दिया जाता है और आसपास के जलस्रोतों जैसे—तालाब, कुओं इत्यादि की सफाई की जाती है, ताकि वे बरसात में आनेवाले जल को ग्रहण करने लायक हो सकें। इस लिहाज से यह मूलतः प्रकृति का पर्व है। जूड़शीतल पर्व का मुख्य भाव गरमी की शुरुआत के वक्त लोगों को शीतलता प्रदान करना होता है। इस दिन सुबह उठकर सबसे पहले घर की बुजुर्ग महिलाएँ घर के सभी सदस्यों के सिर पर पानी डालती हैं। शीतल जल देकर उन्हें जुड़े रहने का आशीर्वाद देती हैं। जिसके पीछे यह मान्यता है कि वैशाख-जेठ की गरमी का असर उस पर न हो। इस दिन मिथिलांचल में सभी पेड़-पौधों की जड़ों में पानी डाला जाता है। गरमी से बचाव की सामग्री छाता-जूता आदि दान करते हैं। इसके अलावा, मिट्टी का घड़ा और सुराही भी दान किया जाता है। इस पर्व में महिलाएँ पिछली रात में ही भोजन पका लेती हैं, ताकि अगले दिन चूल्हे को पूरा आराम दिया जा सके। दिन भर लोग पिछले दिन का बना बासी भोजन खाते हैं, इसलिए इसे कई दफा 'बासी भोजन खाने का पर्व' भी कहा जाता है। इस भोजन में चने की दाल की बरी खासतौर पर पकाई जाती है। फिर हर घर में चूल्हे की पूजा होती है और घर के लोग तालाब और कुओं की उड़ाही और सफाई करने के लिए निकल जाते हैं, ताकि फिर पूरे साल स्वच्छ जल मिलता रहे। वहीं बहनें अपने भाई का रास्ता साफ करती हैं, पानी का छिड़काव करती हैं। तालाब की गाद की सफाई के वक्त होली का-सा दृश्य उत्पन्न हो जाता है, लोग उस गाद से होली खेलने लगते हैं। इस पर्व में खासतौर पर घरों में मौजूद तुलसी के पौधे के ऊपर एक जल से भरा घड़ा लटकाया जाता है, जिससे बूँद-बूँद जल लगातार रिसता रहता है, ताकि पूज्य माने जानेवाले तुलसी के पौधे को गरमी में जल की कमी न हो। □

चोराव्रत

दीपावली खत्म होते ही सूर्य पूजा की तैयारी पूरे सीमांचल के ग्रामीण इलाकों में शुरू हो जाती है। इस पर्व को संपन्न करने की प्रक्रिया भी काफी कठिन व निराली है। कहा जाता है कि घर के किसी सदस्य की जब मनौती पूर्ण होती है, तब सूर्य पूजा की उपासना के लिए 'चोराव्रत' करते हैं।

चोराव्रत या चोरकच्छी के नाम से जाना जानेवाला यह पर्व तीन दिनों तक चलता है। चोराव्रत (चोरकच्छी) केवल पूर्णिया, अररिया और कटिहार के कुछ इलाकों में मनाया जाता है, लेकिन पूर्णिया और अररिया के ग्रामीण इलाकों में इस पर्व को प्रमुख रूप से मनाया जाता है। इस पर्व को मनाने को लेकर एक दंतकथा काफी मशहूर है। मुख्य रूप से यह ग्रामीण आस्था से जुड़ा एक लोकपर्व है। इसके पीछे भी एक कहानी है। वह यह कि जब कोई स्त्री गर्भवती होती है और रात को वह जिस घर में सोई हुई है, अगर रात को मनहूस और अपशगुन माना जानेवाला कोंथनी चिरैया कुंथते हुए उस घर को लाँघ जाता है तो गर्भ में पलनेवाले बच्चे पर उसका बुरा प्रभाव न पड़े, इसलिए भगवान् से मन्नत कबुला पाती किया जाता है और जब वह बच्चा पैदा होकर सात-आठ साल का हो जाता है, तब चार-पाँच गाँव में उसके मामा समेत घर की औरतें और मर्द एक साथ कीर्तन मंडली के साथ निकलते हैं और प्रत्येक घर में पटसन के बालवाले बालक को लेकर जाते हैं, जहाँ पहले से उस घर की महिलाएँ आँगन में मिट्टी से लीपा-पोती कर एक चौकोर आकार का चौका बनाती हैं, जिस पर पटसन का आसानी उस चोर बालक को बैठने के लिए दिया जाता है, जिसमें कीर्तन मंडली के द्वारा गाया जाता है—'अरिया माछ के करिया झोर…उठअ हे नंदो (ननद) करअ इंजोर…जे घर नंदो वैय घर चोर…हे हरी चोर हे हरी चोर…' गाते हुए मुलगैन का साथ सभी कीर्तन मंडली में शामिल लोग देते हैं। ऐसी मान्यता है कि जब मनौती पूर्ण होती है, तब सूर्य पूजा की उपासना के चोरा यानी चोरकच्छी व्रत करते हैं। दीपावली से दो दिन पहले इस पर्व को करने के लिए घर के सभी सदस्य गंगास्नान करते हैं। उसके बाद दीपावली की रात्रि में खरना करते हैं और

अलसुबह चोराव्रत का धार्मिक अनुष्ठान शुरू हो जाता है। इस व्रत में कहीं-कहीं घर के सभी पुरुषों का मुंडन होता है या केवल उस चोर बालक का। उसके बाद उसे पाट के रेशे को पीले रंग से रँगकर जटा बनाई जाती है, जिसे पुरुषों के सिर पर पहनाया जाता है। उसके शरीर पर भी पाट के बने चट्टीनुमा वस्त्र को भी पीले रंग से रँगकर पहनाया जाता है। यह परंपरा कमोबेश दो-तीन दिनों तक चलती है और कभी-कभी एक चोरकच्छी का बालक जिस आँगन से निकलता है तो दूसरे व्रती चोर बालक के साथ चल रहे सभी कीर्तन मंडली के लोग और चोर बालक के नाते-रिश्तेदार उस घर में प्रवेश करते हैं। दरअसल, ग्रामीण इलाकों में यह पर्व लोक-आस्था का प्रतीक माना जाता है।

घर के आँगन में पूजा अनुष्ठान शुरू होने के बाद चट्टीनुमा वस्त्र व पाट के रेशे से बनी जटा पहने चोर को लेकर उसके मामा अपने चोर भानजे के साथ सुरक्षा के लिए हाथ में तलवार लेकर घूमते हैं। वस्त्र धारण, सूर्यपूजन एवं नमस्कार के साथ मामा कीर्तन मंडली के साथ अपने इष्ट-मित्रों, स्वजनों के घर जाकर चोरी करते हैं एवं भिक्षाटन करते हैं। जब ये चोर किसी सगे-संबंधी के घर घुसते हैं, तब उस घर की महिला द्वारा चोर के केश को पकड़कर छुरी लेकर उसके केश काटे जाते हैं। साथ ही एक थाली में दूब, धान, चावल व कुछ रुपए उसके मामा को दिए जाते हैं और फिर उस बालक का पारंपरिक तरीके से तिलक रस्म कर उसे घुमाया जाता है। इस तरह यह कार्यक्रम पूरे दिन चलता है। रात्रि में सत्यनारायण भगवान् की पूजा होती है। फिर अलसुबह नदी या पोखर में डुबकी मारने के साथ इस सूर्य व्रत का समापन हो जाता है।

□

सतुआनी

यह पर्व चने की फसल आने की खुशी में मेष संक्रांति के दिन मनाया जाता है। सतुआनी के मौके पर जौ के नए सत्तू को ब्राह्मण तथा भगवान् को अर्पित किया जाता है। इस दिन लोग विशेष रूप से सत्तू (चना या जौ) खाते हैं। मूली और आम की चटनी खाते हैं। सत्तू संक्रांति को जल से भरा घट, छाता एवं पंखा दान करने की परंपरा है। सतुआनी को 'वैशाखी' और 'स्नान-दान' अमावस्या भी कहते हैं।

□

मकर संक्रांति

सूबे में इस पर्व को 'तिल संक्रांति' या 'तिल संकरात' भी कहते हैं। 14 जनवरी यानी मकर संक्रांति से शुभ दिन की शुरुआत होती है। माना जाता है कि इस दिन भगवान् भास्कर अपने पुत्र शनि से मिलने स्वयं उनके घर जाते हैं। चूँकि शनि देव मकर राशि के स्वामी हैं, अतः इस दिन को 'मकर संक्रांति' के नाम से जाना जाता है। मकर संक्रांति में दान का विशेष महत्त्व है। चूँकि यह पर्व शीतकाल में होता है, इसलिए इस मौके पर ऊनी वस्त्र, कंबल तथा तिल और गुड़ दान करने की परंपरा है। इसी कारण मिथिलांचल में इसे 'तिल संक्रांति' कहा जाता है। मिथिलांचल में इस दिन तिलवाली खिचड़ी खाना शुभ माना जाता है। इसके अलावा मुरही-लाई, चूड़ा-लाई, तिल-लाई और दही-चूड़ा खाने की परंपरा है। खास बात यह है कि इस दिन शक्कर-तिल-अक्षत मिश्रित प्रसाद भगवान् को चढ़ाया जाता है और माँ अपने बच्चों को खिलाकर उससे तिल-तिल बढ़ने की शपथ लेती है। यहाँ तिल-तिल से तात्पर्य हमेशा और हर पल साथ बँधे रहने से है।

सीवान जिले के लोकजीवन में मकर संक्रांति के साथ अनूठे रिवाज भी जुड़े हुए हैं। रिवाजों के अनुसार, कुल देवता की पूजा होती है। मकर संक्रांति की सुबह स्नानादि कर परिवार की प्रधान महिला हल्दी और अरवा चावल से कुल देवता की पूजा-अर्चना कर मन्नतें माँगती है। इन दिन रात का भोजन खिचड़ी बनाने में कुल देवता की पूजा-अर्चना प्रयुक्त हल्दी का प्रयोग किया जाता है। सुहागिन महिलाएँ सुहाग की वस्तुएँ दान करती हैं, वहीं कुछ इलाकों में इस दिन सुहागिन महिलाओं द्वारा अपने ननदोई को उपहार देने का रिवाज है। भोजपुर में तिलवा तथा खिचड़ी छूकर ब्राह्मणों को दान दिया जाता है। विवाहित लड़कियों को तिलवा भेजा जाता है। इस मौके पर महिलाओं की ओर से ननदोई को संबोधित होनेवाले मंगल गीत भी गाए जाते हैं। राजगृह और बौंसी में मकर संक्रांति के अवसर पर एक मेला लगता है, जिसे 'मकर मेला' कहते हैं। इसका प्रांतीय महत्त्व अधिक है।

□

रक्षाबंधन

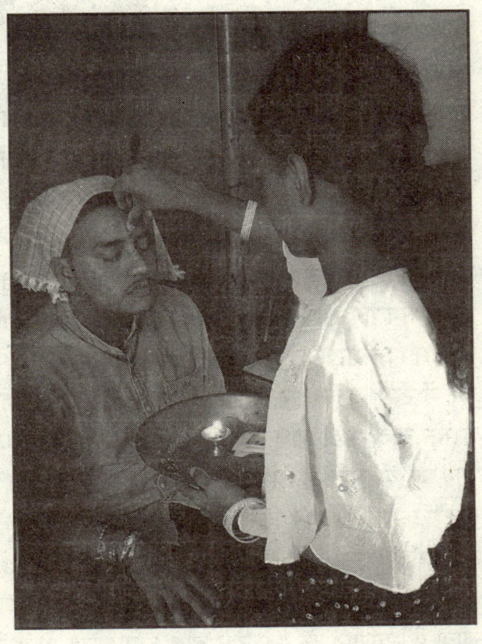

सावन में पूर्णमासी के दिन रक्षाबंधन या राखी का त्योहार मनाया जाता है, जो मुख्य रूप से भाई-बहन का त्योहार है। बहनें अपने भाई को राखी बाँधती हैं, टीका लगाती हैं, आरती उतारती हैं। इस दिन बहनें भाई की कलाई पर रंग-बिरंगी राखी बाँधती हैं। जब तक बहन भाई की कलाई पर राखी नहीं बाँधती है, वह न कुछ खाती है और न पीती है। राखी बाँधने के बाद वह अपने भाई को मिठाई खिलाती है तथा भाई उसे उपहार देता है। इसका प्रधान ध्येय भाई-बहन का मेल है। मिथिला में ब्राह्मणों के द्वारा ही राखी बाँधने की प्रथा प्रचलित थी। राजस्थानी प्रभाव के कारण इस क्षेत्र में भी बहन भाई को राखी बाँधने लगी, जो आज भी प्रचलित है। रक्षाबंधन पर्व से भाई-बहन के जीवन पर व्यापक प्रभाव पड़ता है। घर के बड़े-बुजुर्ग पूजा करते हैं और संदूक, अलमारी, बक्सा आदि में राखी बाँधते हैं। ब्राह्मण घूम-घूमकर अपने यजमान को बंधन बाँधते हैं।

रक्षाबंधन के पर्व को मारवाड़ी समाज में एक अलग ढंग से मनाने की परंपरा है। मारवाड़ी समाज में राखी का त्योहार गूगा नवमी तक मनाया जाता है। जो भाई अपनी बहनों से रक्षाबंधन के दिन किसी कारणवश राखी नहीं बँधवा पाते हैं, वे गूगा नवमी तक

बँधवा सकते हैं। इसके बाद राखी को उतार दिया जाता है, दूसरे लोगों की तरह मारवाड़ी समाज में राखी को हमेशा कलाई पर बाँधकर नहीं रखा जाता है। राखी के त्योहार की शुरुआत घर में सतिया (स्वस्तिक) बनाकर की जाती है। रोली और चंदन से पूरे घर में जगह-जगह ॐ और राम लिखा जाता है। इसका शुभारंभ घर की चौखट से होता है। फिर खीर और लड्डू का भोग लगाकर दिन की शुरुआत करते हैं। पूजा के बाद राखी बाँधी जाती है। मारवाड़ी समाज से जुड़े लोगों के अनुसार, राखी पर घर में सतिया बनाना शुभ माना जाता है। इसे रक्षा सूत्र माना जाता है। मान्यता यह भी है कि इससे घर में शांति के साथ सुख-समृद्धि का वास होता है। मारवाड़ी समाज में राखी के नौ दिन तक शुभ मुहूर्त माना जाता है। लोग नौवें दिन यानी गूगा नवमी तक राखी बाँध सकते हैं। 'गूगा' भगवान् श्रीकृष्ण को कहा जाता है। गूगा नवमी पर सुबह भगवान् श्रीकृष्ण की पूजा करने के बाद राखी उतारकर उन्हें समर्पित कर दी जाती है। इस दिन राखी को उतारकर भगवान् को समर्पित करना भी शुभ माना जाता है। इस दिन घर में खीर जरूर बनाई जाती है। खीर से सबसे पहले भगवान् को भोग लगाया जाता है। उसके बाद राखी बाँधना शुरू करते हैं। वहीं मारवाड़ी समाज में रक्षाबंधन का त्योहार दो बार मनाया जाता है। सबसे पहले रक्षाबंधन के दिन बहनें अपने भाई को राखी बाँधती हैं। इसके करीब 18-19 दिन बाद ऋषि पंचमी के मौके पर फिर से राखी बाँधी जाती है। कुछ परिवारों में दोनों दिन यह त्योहार मनाया जाता है, तो कुछ परिवार दोनों में से किसी एक दिन भी रक्षाबंधन का त्योहार मना लेते हैं। पूर्णिमा के मौके पर रक्षाबंधन का त्योहार मनाया जाता है। पूर्णिमा के 14 दिन बाद अमावस्या होती है। इसके पाँच दिन बाद ऋषि पंचमी होती है। दोनों रक्षाबंधन के त्योहार में 18-19 दिन का अंतर रहता है। मारवाड़ी समाज के कुछ परिवारों में बहन को यह ओहदा दिया गया है कि वे भी भाई की रक्षा कर सकती हैं और भाई बहन को राखी बाँधते हैं, ताकि वे भी भाई की रक्षा के लिए हमेशा तत्पर रहें। बहन-भाई को बराबरी का दर्जा देने के लिए ऐसा किया जाता है। दो बार रक्षा बंधन होने से एक बार ननद से मिलना हो जाता है और एक बार मायके जाना हो जाता है। इससे पूरा रक्षाबंधन का त्योहार यादगार बन जाता है।

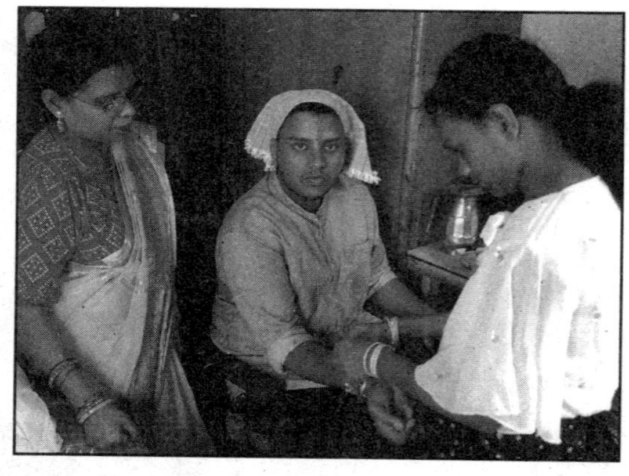

□

जीतिया (जीवित्पुत्रिका)

इसे संतानवती महिलाएँ आश्विन कृष्ण अष्टमी को मनाती हैं। इस पर्व को मनाकर महिलाएँ अपनी संतान की सुख-समृद्धि व दीर्घायु होने की मंगलकामना करती हैं। इससे पूर्व रात्रि को वे तरह-तरह के पकवान बनाती हैं और मध्य रात्रि में उन पकवानों को थोड़ी-थोड़ी मात्रा में चीलों-सियारों के लिए निकालने के बाद अपने बच्चों के साथ बैठकर खाती हैं। इसे 'जीतिया' या 'जिउतिया' कहते हैं। यह सूबे की महिलाओं का अत्यंत ही पवित्र पर्व है। बिहार में प्राय: सभी महिलाएँ, चाहे वे शहर की हों या गाँव की और जिन्हें संतान हैं, वे जीतिया व्रत रखती हैं। इस पर्व में महिलाएँ सतपुतिया, झिंगुनी की सब्जी और अधिक पसरनेवाली साग खाती हैं। अगले दिन इस व्रत को करनेवाली स्त्रियाँ उस दिन जल ग्रहण नहीं करतीं। प्रसन्नचित्त माताएँ स्नान कर व्रत संकल्प करती हैं, फिर दिन ढलने के बाद संध्या वेला में सूत के धागे का गंडा बनाया जाता है। यही 'जीउतिया' कहलाता है। माताएँ अपने सामर्थ्य के अनुसार सोने-चाँदी का जीतिया बनवाकर पहनती हैं तथा गंडा जीतिया पहनकर कथा सुनती हैं। जिस स्थान पर पूजा होनी होती है, वहाँ पर मिट्टी का एक बड़ा सा चौकोर घेरा बनाया जाता है। ठीक बीचोबीच कुश का बना लव-कुश प्रतिरूप बनाकर गाड़ा जाता है। इसके बाद विभिन्न प्रकार के पकवानों, फल, फूल, दूब, सुपारी, अक्षत आदि से स्त्रियाँ पूजा करती हैं। दूसरे दिन प्रात: काल स्नान, पूजा, दान-दक्षिणा देकर व्रत का पारण होता है। इसमें गंगा एवं राम-सीता के सामान्य गीत गाए जाते हैं। जितिया पूजा में लाल सूत का कई लड़ियोंवाला धागा प्रयुक्त होता है, जिसे लड़कों को पहना दिया जाता है। कोई बच्चा खतरे से सुरक्षित बच जाता है तो कहा जाता है कि 'उसकी माँ ने खरजितिया का व्रत किया था।'

□

गोधन

इस पर्व की पूर्व संध्या पर महिलाएँ-युवतियाँ खुले स्थान पर जहाँ पूजा करनी होती है, वहाँ पर दो आकृतियाँ गोबर से बनाती हैं, जिन्हें 'गोधन' और 'गोधन बो' (गोधन की पत्नी) के नाम से संबोधित किया जाता है। इसके अलावा, घर-जात, ढेंकी, ओखल, मूसल, नाद, घोठा आदि की आकृति बनाई जाती है। उसके सीने पर बड़ी ईंट रख दी जाती है। अगल-बगल में ओखल, मूसल तथा डंडा रखा जाता है। महिलाएँ पूजा करती हैं। चना, मिठाई, नारियल, सिंदूर आदि चढ़ाती हैं। पूजा के अंतिम चरण में महिलाएँ-युवतियाँ गाली देती हैं। इसके बाद

एक मूसल से गोबर की आकृति को कूटना शुरू करती हैं। सभी महिलाएँ-युवतियाँ सामूहिक रूप से पुतले को कूटती हैं। इसकी छाती पर रखी हुई ईंट को कूट-कूटकर चूर्ण बना देती हैं। इसके उपरांत महिलाएँ-युवतियाँ पहले तो भाई को श्राप देती हैं, लेकिन पुनः अफसोस करते हुए अपनी जीभ में रेंगनी का काँटा चुभाते हुए उसके दीर्घायु होने की कामना करती हैं। साथ ही एक महिला दूसरी महिला से पूछती है, 'क्या कर रही है?' तो वह जवाब देती है, 'भाई के रोग-बलाय, दुःख-दरिद्रा पी रहे हैं।' पूजा के बाद

सभी महिलाएँ-युवतियाँ अपने-अपने भाई को पीढ़े पर बिठाकर पूजती हैं और बजरी (चने का पाँच दाना) व मिठाई खिलाती हैं। भाई बहनों को उपहार भेंट करता है। इस दिन पीठा खाने की परंपरा है। बहनें अपने भाई को पीठा खिलाती हैं, ताकि भाई अमर रहे। इसलिए इस पीठा का नाम 'अमर पीठा' रखा गया है।

वहीं मिथिलांचल में गोधन के दिन हलवाहा की पत्नी गोबर से किसानी संबंधित सारे हथियार की आकृति बनाती हैं, जैसे—हल, हँसुआ, कुदाल, खुरपी। इसके बाद वे अपने मालिक और मालकिन के लिए दुआ माँगती हैं, फिर बहन गोधन कूटती है। उसके बाद बहन घर में आकर चावल के आटे से अर्पण देकर अपने भाई की दीर्घायु के लिए उनका हाथ पूजती है। मान्यता है कि गोधन कूटने के साथ ही देव उठते हैं और लोग शादी संबंधों के लिए प्रयास शुरू करते हैं। गोधन कूटकर महिलाएँ सामूहिक रूप से 'उठहु ऐ देव उठहू तहरा सुत्तैल भईल छव मास नू हो' गीत गाती हैं। बहनें भाई को वज्र के समान मजबूत रहने की कामना कर केराई (बजरी) के पाँच दानों को बिना पानी निगलाती हैं, खिलाती हैं। इसके बाद पिठार सिंदूर लगाकर रुई की माला पहनाती हैं। रुई के जरिए नया जीवन देने और लंबी उम्र की कामना की जाती है। पूजा के बाद बहनें भाई को चावल व दाल का बना 'अमर पीठा' भी खिलाती हैं।

□

सिरुआ पर्व

सिरुआ (सिरवा) यानी बासी पर्व। यह मुख्य रूप से सीमांचल इलाके में मनाया जाता है। दो दिनों तक चलनेवाले इस पर्व में सत्तू और गुड़ खाने की परंपरा रही है। पहले दिन सत्तू खाया जाता है। अगले दिन भर चूल्हा नहीं जलाने की परंपरा निभाई जाती है। चूल्हे का उपवास रखा जाता है और चूल्हे की पूजा की जाती है। रात में ही पकवान तथा अनेक तरह के व्यंजन बना लिये जाते हैं। घर के सदस्य दिन-रात वही भोजन करते हैं। कोई इसे चैत का बना भोजन वैशाख में ग्रहण करना कहते हैं। आज के ही दिन रंग भी खेला जाता है। इस क्षेत्र की लड़कियाँ पूजा करती हैं, जिसमें मिट्टी की आकृति बना छह दिनों तक फल और सातवें दिन सत्तू तथा आठवें दिन खीर खिलाते हैं। संध्या में लड़कियाँ नए परिधान पहनकर डाली में सभी आकृतियों को लेकर घर की बड़ी बुजुर्ग महिलाओं के साथ नदी तक जाती हैं। इस दौरान महिलाएँ गीत गाती रहती हैं। नदी में जाकर मिट्टी की आकृति का विसर्जन कर पूजा संपन्न करती हैं।

□

पिड़िया पर्व

यह पर्व कार्तिक शुक्ल प्रतिपदा से आरंभ होकर अगहन शुक्ल प्रतिपदा को समाप्त होता है। भाई-बहन के पवित्र प्रेम का यह व्रत एक माह का है। कुँवारी लड़कियाँ व शादीशुदा महिलाएँ इस पर्व को बड़े उत्साह व उमंग के साथ मनाती हैं। इस पर्व में गोधन के बाद भोजपुर क्षेत्र की लड़कियाँ किसी एक स्थान पर गाय के गोबर से पिड़िया लगाती हैं। सोलह पिड़िया लगाकर षोडस मातृ पूजा करती हैं। जिस लड़की के जितने भाई होते हैं, उतने सोरहिया (सोलह पिड़ियाँ) लगाती हैं, यानी दीवार पर छोटे-छोटे पिंड (गोली) चिपकाती हैं। दुबारा पंद्रह दिनों के बाद उसे दोहराती हैं, यानी पुनः एक-एक सोरहिया पिड़िया लगाती हैं। प्रत्येक दिन-रात में वहीं बैठकर व्रती के साथ घर की लड़कियाँ और महिलाएँ लोकगीत गाती हैं। लड़कियाँ तीस दिन तक दैनिक कार्य से निवृत्त होने के बाद कथा सुनती हैं। इसके बाद अन्न-जल ग्रहण करती हैं। पिड़िया से संबंधित दो कथाएँ प्रचलित हैं। पहले दिन जो कथा सुनती हैं, उसे 'छोटकी' कथा कहते हैं और उसके बाद पंद्रह दिन जो कथा सुनती है, उसे 'बड़की' कथा कहते हैं। अगहन शुक्ल पक्ष एकम् को युवतियाँ उपवास रखती हैं। एकम् की सुबह पिड़ियाँ को दीवारों से

छुड़ाती हैं तथा छितनी (खचिया) में रखती हैं। दूसरे दिन सुबह किसी पोखर या तालाब में उनके विसर्जन के लिए भाई खचिया अपने माथे पर लेकर घाट तक पहुँचाता है। उस समय महिलाएँ गीत गाती हैं। इसे पूर्व जिस दिन औरतें इनकी पूजा-अर्चना करती हैं, उस दिन शाम में खीर बनाती हैं। खीर के साथ जितने भाई हैं, उतने सोरहिया अम्मोगोद चावल (धान की एक किस्म) खाती हैं। पिड़िया भाई की पूजा में अगहन में तैयार धान का चिउड़ा तथा लड्डू चढ़ाती हैं। वह भी अपने भाई से ही लाने का आग्रह करती हैं। कहते हैं कि खाते समय किसी भी प्रकार का शब्द सुनने की मनाही है, यही कारण है कि महिलाएँ कानों में रुई लगा लेती हैं। एक माह तक चलनेवाला यह पर्व अगहन शुक्ल द्वितीया को समाप्त हो जाता है। पिड़िया लिखने से पहले दीवार को गोबर-माटी से अच्छी तरह लीपती हैं। दीवार सूख जाने के बाद एक विशेष आकृति को हरे रंग से रँगती हैं। हरा रंग वे खुद सेम की पत्ती को पीसकर तैयार करती हैं। इसके बाद चावल से निर्मित उजले रंग से चित्रों का सृजन करती हैं। सूर्य, चाँद, बतख, डोली, कहार, पक्षी, फल-फूल, वृक्ष, मानवाकृति आदि का रेखांकन इसमें किया जाता है। भाइयों के प्रति बहनों के अटूट, निश्छल प्रेम का मूल संदेश समेटे इस पर्व की अपनी अलग विशिष्टता है।

□

बुद्ध पूर्णिमा

बुद्ध पूर्णिमा खुशी का त्योहार है। बुद्ध पूर्णिमा को राजकुमार सिद्धार्थ को बुद्धत्व की प्राप्ति हुई थी। बौद्ध धर्म के अनुयायी बुद्ध पूर्णिमा के धार्मिक कृत्यों को उत्साह के साथ धूमधाम से मनाते हैं। बौद्धों का महान् तीर्थ होने से बोधगया में इस पर्व का आयोजन काफी बड़े स्तर पर होता है, जिसमें विश्व भर के बौद्ध धर्मावलंबी भाग लेते हैं। बोधगया स्थित बौद्ध मंदिरों में दिन की शुरुआत सुबह की प्रार्थनाओं से होती है। सभी मंदिरों से बौद्धों के परंपरागत जुलूस निकाले जाते हैं, जो महाबोधि मंदिर तक आते हैं। इस दिन महाबोधि वृक्ष के नीचे आरती, पूजन और विशेष प्रार्थना की जाती है। इसके साथ ही असंख्य दीपमालाओं से मंदिरों की सजावट की जाती है। वहीं वैशाख मास की पूर्णिमा बुद्ध के जीवन की तीन महत्त्वपूर्ण घटनाओं से जुड़ी है। इस दिन जिस तरह चाँद अपनी पूर्णता को प्राप्त करता है, उसी तरह एक मानव शुद्ध कल्याणकारी धर्म की पूर्णता को प्राप्त करता है। वैशाख पूर्णिमा की रात्रि में बुद्ध का महापरिनिर्वाण हुआ। वैशाख पूर्णिमा को ही उनका जन्म हुआ। वैशाख पूर्णिमा को ही उन्हें संबोधि प्राप्त हुई थी। विश्व के इतिहास में यह असाधारण घटना थी। इसलिए बौद्ध धर्म में इसे सबसे पवित्र दिवस माना जाता है। बौद्धों के महान् तीर्थस्थल बोधगया में विशेष पूजा-अर्चना का आयोजन होता है। इस अवसर पर देश-विदेश के लाखों बौद्ध धर्मावलंबी आते हैं और भगवान् बुद्ध के चरणों में शीश झुकाते हैं।

□

क्रिसमस

ईसाइयों का महान् व पवित्र त्योहार है। यह 25 दिसंबर को यीशु के जन्मोत्सव के रूप में मनाया जाता है। यही वह दिन है, जब महाप्रभु यीशु इस धराधाम पर अवतरित हुए थे। लगभग एक महीने पहले से ईसाई पर्व की तैयारियाँ करने लगते हैं। नए कपड़े और क्रिसमस कार्ड खरीदते हैं। 25 दिसंबर की संध्या आती है तो सभी ईसाई अपने-अपने घरों और गिरजाघरों (चर्च) को रंगीन बल्बों से सजाते हैं। हर घर में और चर्च में एक क्रिसमस ट्री, यानी वृक्ष जैसी चीज रखी जाती है। 'हॉलीडे ट्री' नाम से जाना जानेवाला यह वृक्ष ईसा युग से पूर्व भी पवित्र माना जाता था। इसका मूल आधार यह रहा है कि फर वृक्ष की तरह सदाबहार वृक्ष बर्फीली सर्दियों में भी हरा-भरा रहता है। इस वृक्ष को सुंदर कैंडिल और उपहारों से सजाया जाता है। क्रिसमस की सजावट के संबंध में कुछ सदाबहार चीजें और भी हैं, जिन्हें परंपरा का हिस्सा व पवित्र माना जाता है, जिसमें शुभ

माला को सौभाग्य का प्रतीक माना जाता है। इसे इस त्योहार पर परंपरागत रूप से घरों व गिरजाघरों में लटकाया जाता है। इस अवसर पर उपहार देने की परंपरा है। यही कारण है कि उनकी शाखाओं में अनेक प्रकार के गिफ्ट टाँगे जाते हैं। हर गिफ्ट पर देनेवाले और पानेवाले दोनों के नाम लिखे जाते हैं। फिर क्रिसमस फादर का अचानक आगमन होता है। उनकी वेशभूषा रंग-बिरंगी होती है। लंबी सफेद दाढ़ी रखे, सिर पर टोपी लगाए, हाथ में छड़ी लिये, वे ऊँची आवाज में कुछ बोलते हुए प्रवेश करते हैं। एकत्र लोगों में से गिफ्ट देने के लिए एक-एक को बुलाते हैं। गिफ्ट देनेवाले नाम भी पढ़ते हैं। जब गिफ्ट के वितरण का कार्यक्रम समाप्त हो जाता है, तब सामूहिक संगीत और भजन होते हैं। 24 दिसंबर की रात 12 बजे ईसाई बच्चे-युवकों की टोलियाँ क्रिसमस कैरोल, यानी यीशु मसीह के जन्म के उपलक्ष्य में खुशी के गीत गाती हुई निकलती हैं। क्रिसमस के कई दिन पहले से ही सभी ईसाई समुदायों द्वारा कैरोल गाए जाते हैं। कैरोल वह ईसाई गीत है, जिसे क्रिसमस के अवसर पर सामूहिक रूप से गाया जाता है। ये टोलियाँ आसपास के घरों का चक्कर लगाती हैं। 25 दिसंबर की सुबह चर्चों में विशेष प्रार्थना होती हैं। प्रभु ईसा मसीह का गुणगान किया जाता है। ईसाई पुरोहित (फादर) ईसा मसीह के उपदेशों की व्याख्या करते हैं। आराधना समाप्त होते ही गरीबों को देने के लिए धन एकत्र किया जाता है। यह कार्यक्रम रात भर चलता रहता है। वैसे पूरी दुनिया में क्रिसमम मनाने का कोई एक तरीका नहीं है। यहाँ तक कि 25 दिसंबर की अर्धरात्रि में गाया जानेवाला समूह गान भी कई जगह स्थानीय आदर्शों, उद्देश्यों और संकल्पों को अपने आप में समाहित कर लेता है। हर जगह की अपनी मौलिक संस्कृति है, इसलिए हर जगह लोग अपने तरीके से खुशियों का इजहार करते हैं। इससे हर्षोल्लास फीका नहीं होता है, बल्कि सतरंगा हो जाता है।

□

हटड़ी पूजा

भारत सहित दुनिया भर में सबसे बड़ा त्योहार दीवाली मनाया जाता है। सिंधी समाज दुनिया भर में फैला हुआ है। सिंधी समाज के लिए दीवाली में हटड़ी पूजा का खास महत्त्व है, क्योंकि सिंधी समाज में मान्यता है कि हटड़ी को पूजने से धंधे-व्यापार में बहुत तरक्की मिलती है। पाँच हजार वर्ष पुरानी सिंधी सभ्यता और संस्कृति में भी हटड़ी का जिक्र है। हटड़ी का असली मतलब होता है—हट यानी दुकान। जिस भी सिंधी परिवार में लड़का पैदा होता है तो उसकी पहली दीवाली पर ही उसके नाम से हटड़ी पूजी जाती है। इसके पीछे मान्यता है कि बच्चा कारोबार करेगा और लक्ष्मी माँ उसको धंधे-व्यापार में बरकत दें। हटड़ी मंदिरनुमा होती है, जिसमें माता लक्ष्मी और अन्य देवी-देवताओं को विराजमान किया जाता है और चाँद रात तक पूजा की जाती है। इससे कारोबार और उद्योग-धंधे में बड़ी सफलता मिलती है।

□

थदड़ी

सभी धर्मों के कुछ विशेष पर्व होते हैं, जिन्हें उस धर्म से संबंधित समुदाय के लोग मनाते हैं। ऐसा ही पर्व है सिंधी समाज का 'थदड़ी'। 'थदड़ी' शब्द का सिंधी भाषा में अर्थ होता है—ठंडी, शीतल···। रक्षाबंधन के आठवें दिन इस पर्व को सिंधी समुदाय धूमधाम से मनाते हैं। पर्व पर ठंडा खाना खाने का रिवाज है।

आज से हजारों वर्ष पूर्व मोहनजोदड़ो की खुदाई में माँ शीतला देवी की प्रतिमा निकली थी। ऐसी मान्यता है कि उन्हीं की आराधना में यह पर्व मनाया जाता है। इस त्योहार के एक दिन पहले हर सिंधी परिवार में तरह-तरह के व्यंजन बनाए जाते हैं, जैसे—कूपड़, गच, कोकी, सूखी तली हुई सब्जियाँ—भिंडी, करेला, आलू, रायता, दही-बड़े, मक्खन आदि। आटे में मोयन डालकर शक्कर की चाशनी से आटा गूँथकर कूपड़ बनाए जाते हैं। मैदे में मोयन और पिसी इलायची व पिसी शक्कर डालकर गच का आटा गूँथा जाता है। अब मनचाहे आकार में तलकर गच तैयार किए जाते हैं। रात को सोने से पूर्व चूल्हे पर जल छिड़ककर हाथ जोड़कर पूजा की जाती है। इस तरह चूल्हा ठंडा किया जाता है। दूसरे दिन पूरे दिन घरों में चूल्हा नहीं जलता है तथा एक दिन पहले बनाया ठंडा खाना ही खाया जाता है। इससे पहले परिवार के सभी सदस्य किसी नदी तथा कुएँ पर इकट्ठे होते हैं, वहाँ माँ शीतला देवी की विधिवत् पूजा की जाती है। इसके बाद बड़ों से आशीर्वाद लेकर प्रसाद ग्रहण किया जाता है। इस पूजा में घर के छोटे बच्चों को विशेष रूप से शामिल किया जाता है और माँ का स्तुतिगान कर उनके लिए दुआ माँगी जाती है, ताकि वे शीतल रहें व माता के प्रकोप से बचे रहें। इस दिन घर के बड़े-बुजुर्ग सदस्यों द्वारा घर के सभी छोटे सदस्यों को भेंटस्वरूप कुछ-न-कुछ दिया जाता है, जिसे 'खर्ची' कहते हैं। थदड़ी पर्व के दिन बहन और बेटियों को, खासतौर पर मायके बुलाकर इस त्योहार में शामिल किया जाता है। इसके साथ ही उसके ससुराल में भी भाई या छोटे सदस्य द्वारा सभी व्यंजन और फल भेंटस्वरूप भेजे जाते हैं, इसे 'थदड़ी का ढिण' कहा जाता है।

□

चेटीचंड

भगवान् झूलेलाल के अवतरण दिवस को सिंधी समाज 'चेटीचंड' के रूप में मनाता है। झूलेलाल सिंधी हिंदुओं के उपास्य देव हैं, जिन्हें 'इष्ट देव' कहा जाता है। अखिल भारतीय सिंधी बोली और साहित्य ने इस दिन 'सिंधीयत डे' घोषित किया है। चेटीचंड के दिन श्रद्धालु बहिराणा साहिब बनाते हैं। शोभायात्रा में 'छेज' (जोकि गुजरात के डाँडिया की तरह लोकनृत्य होता है) के साथ झूलेलाल की महिमा के गीत गाते हैं। ताहिरी (मीठे चावल), छोले (उबले नमकीन चने) और शरबत का प्रसाद बाँटा जाता है। शाम को बहिराणा साहिब का विसर्जन कर दिया जाता है। इस त्योहार से जुड़ी हुई वैसे तो कई किंवदंतियाँ हैं, उनमें से एक है—सिंधी समुदाय व्यापारिक वर्ग रहा है। वे व्यापार के लिए जब जलमार्ग से गुजरते थे तो कई विपदाओं का सामना करना पड़ता था; जैसे—समुद्री तूफान, जीव-जंतु, चट्टानें व समुद्री दस्यु गिरोह, जो लूटपाट मचाकर व्यापारियों का सारा माल लूट लेते थे। इसलिए इनके यात्रा के लिए जाते समय ही महिलाएँ वरुण देवता की स्तुति करती थीं और तरह-तरह की मन्नतें माँगती थीं। चूँकि भगवान् झूलेलाल जल के देवता हैं, अत: ये सिंधी लोगों के आराध्य देव माने जाते हैं। जब पुरुष वर्ग सकुशल लौट आता था, तब चेटीचंड को उत्सव के रूप में मनाया जाता था। मन्नतें पूरी की जाती थीं व भंडारा किया जाता था। इन्होंने धर्म की रक्षा के लिए कई साहसिक कार्य किए, जिसके लिए इनकी मान्यता इतनी ऊँचाई हासिल कर पाई। जिन मंत्रों से इनका आह्वान किया जाता है, उन्हें 'लाल साईं जा पंजिड़ा' कहते हैं। वर्ष में एक बार सतत चालीस दिन इनकी अर्चना की जाती है, जिसे 'लाल साईं जो चाली हो' कहते हैं। इन्हें ज्योतिस्वरूप माना जाता है, अत: झूलेलाल मंदिर में अखंड ज्योति जलती रहती है। शताब्दियों से यह सिलसिला चला आ रहा है। ज्योति जलती रहे, इसकी जिम्मेदारी पुजारी को सौंप दी जाती है। पूरा सिंधी समुदाय इन दिनों आस्था व भक्ति-भावना के रस में डूब जाता है।

□

लोहड़ी

मकर संक्रांति से एक दिन पहले सिख समुदाय द्वारा लोहड़ी का त्योहार धूमधाम से मनाया जाता है। लोहड़ी का त्योहार किसानों का नया साल भी माना जाता है। लोहड़ी को सर्दियों के जाने और बसंत के आने का संकेत भी माना जाता है। देर शाम को आग का अलाव जलाया जाता है। इस अलाव में गेहूँ की बालियों को अर्पित किया जाता है। इस अवसर पर पंजाबी समुदाय के लोग भाँगड़ा और गिद्दा नृत्य कर उत्सव मनाते हैं। इस दिन लोग आग जलाकर इसके इर्द-गिर्द नाचते-गाते और खुशियाँ मनाते हैं। लोहड़ी की रात्रि वर्ष की सबसे लंबी रात्रि होती है, इस कारण कई प्रकार की आस्थाएँ भी इस पर्व से जुड़ी हुई हैं। लोग यह भी मानते हैं कि लोहड़ी पर अग्नि की पूजा से दुर्भाग्य दूर होते हैं। ऐसी मान्यता है कि लोहड़ी को पुराने समय में 'तिलोड़ी' कहते थे। यह शब्द तिल तथा (गुड़ की) रोड़ी शब्दों के मेल से बना है, जो समय के चलते बदलकर 'लोहड़ी' के रूप में चलन में आकर प्रसिद्ध हो गया। पंजाब में इस त्योहार को 'लोही' या 'लोई' के नाम से भी पुकारते हैं। लोहड़ी का त्योहार शाम के समय मनाया जाता है। शाम के समय घर के सभी लोग घर के बाहर लोहड़ी जलाते हैं। लोहड़ी में मूँगफली, गजक, तिल और मक्का की अग्नि में आहुति देते हैं और इसकी परिक्रमा करते हैं तथा आनेवाले सुखद भविष्य की कामना करते हैं। इसके साथ ही परिवार के लोग लोहड़ी के चारों तरफ परिक्रमा करते हुए लोकगीत गाते हैं। इसके बाद इसे एक-दूसरे में बाँटने की परंपरा है। यह त्योहार नवविवाहिता के लिए भी बहुत खास होता है। नए शादीशुदा जोड़े लोहड़ी की अग्नि में आहुति देकर अपने खुशहाल जीवन की कामना करते हैं, साथ ही इस मौके पर उपहार का आदान-प्रदान परिवार के सदस्यों के बीच होता है। लोहड़ी की रस्मों के अनुसार नवविवाहिता दुलहन को उनकी पहली लोहड़ी पर तिल के लड्डू, भुनी हुई मूँगफली, रेवड़ी, सूखे मेवे और अन्य मिठाइयाँ और भोजन देने का रिवाज है। अपनी पहली लोहड़ी पर नई दुलहन मेहँदी लगाती है, नए और पारंपरिक कपड़े पहनती है तथा अपने आप को गहने और चूड़ियों (पंजाबी चूड़ा) से खूबसूरती से सजाती है।

□

गणगौर पर्व

गणगौर का यह त्योहार चैत्र शुक्ल तृतीया को मनाया जाता है। होली के दूसरे दिन (चैत्र कृष्ण प्रतिपदा) से जो नवविवाहिताएँ प्रतिदिन गणगौर पूजती हैं, वे चैत्र शुक्ल द्वितीया के दिन किसी नदी या तालाब पर जाकर अपनी पूजी हुई गणगौरों को पानी पिलाती हैं और दूसरे दिन सायंकाल के समय उनका विसर्जन कर देती हैं। तीज को गणगौर माता, यानी माँ पार्वती की पूजा की जाती है। पार्वती के अवतार के रूप में गणगौर माता व ईशर (भगवान् शंकर) के अवतार के रूप में उनकी पूजा की जाती है। प्राचीन समय में पार्वती ने शंकर भगवान् को पति (वर) रूप में पाने के लिए व्रत और तपस्या की थी। शंकर भगवान् तपस्या से प्रसन्न हो गए और वरदान माँगने के लिए कहा। पार्वती ने उन्हें वर रूप में पाने की इच्छा जाहिर की। पार्वती की मनोकामना पूरी हुंई और उनसे शादी हो गई। बस उसी दिन से कुँवारी लड़कियाँ मनचाहा वर पाने के लिए ईशर और गणगौर की पूजा करती हैं। सुहागिन स्त्री पति की लंबी आयु के लिए पूजा करती है। गणगौर की पूजा चैत्र मास के कृष्ण पक्ष की तृतीया तिथि से आरंभ की जाती है। सोलह दिन तक सुबह जल्दी उठकर बाड़ी बगीचे में जाती है। उस दूब से दूध के छींटे मिट्टी की बनी हुई गणगौर माता को देती है। थाली

में दही, पान, सुपारी और चाँदी का छल्ला आदि सामग्री से गणगौर माता की पूजा की जाती है। आठवें दिन ईशरजी पत्नी (गणगौर) के साथ अपनी ससुराल पधारते हैं। उस दिन सभी लड़कियाँ कुम्हार के यहाँ जाती हैं और वहाँ से मिट्टी की झाँवली (बरतन) और गणगौर की मूर्ति बनाने के लिए मिट्टी लेकर आती हैं। उस मिट्टी से ईशरजी, गणगौर माता, मालन आदि की छोटी-छोटी मूर्तियाँ बनाती हैं। जहाँ पूजा की जाती है, उस स्थान को गणगौर का पीहर व जहाँ विसर्जित की जाती है, वह स्थान ससुराल माना जाता है।

गणगौर माता की पूजा बिहार में बसे मारवाड़ी समाज की महिलाओं द्वारा की जाती है। चैत्र मास की तीज सुदी को गणगौर माता को चूरमे का भोग लगाया जाता है। दोपहर बाद गणगौर माता को ससुराल विदा किया जाता है, यानी कि विसर्जित किया जाता है। विसर्जन का स्थान गाँव का कुआँ या तालाब होता है। कुछ स्त्री, जो शादीशुदा होती हैं, वे इसका अजुणा (उद्यापन) करती हैं, जिसमें सोलह सुहागन स्त्रियों को समस्त सोलह श्रृंगार की वस्तुएँ देकर भोजन करवाती हैं। गणगौर यानी सावन की तीज से त्योहारों का आगमन शुरू हो जाता है और गणगौर के विसर्जन के साथ ही त्योहारों पर चार महीने का विराम आ जाता है। यह व्रत विवाहिता लड़कियों के लिए पति का अनुराग उत्पन्न करानेवाला और कुमारियों को उत्तम पति देनेवाला है। इससे सुहागिनों का सुहाग अखंड रहता है। सुहागिनें व्रत धारण से पहले रेणुका (मिट्टी) की गौरी की स्थापना करती हैं एवं उनका पूजन किया जाता है। इसके बाद गौरीजी की कथा कही जाती है। कथा के बाद गौरीजी पर चढ़ाए हुए सिंदूर से स्त्रियाँ अपनी माँग भरती हैं। इसके बाद केवल एक बार भोजन करके व्रत का पारण किया जाता है। गणगौर का प्रसाद पुरुषों के लिए वर्जित है। गणगौर पर विशेष रूप से मैदे की मठरी बनाई जाती हैं। लड़की की शादी के बाद लड़की पहली बार गणगौर अपने मायके में मनाती है और इन गुनों तथा सास के कपड़ों का बायना निकालकर ससुराल में भेजती है। यह विवाह के प्रथम वर्ष में ही होता है। बाद में प्रतिवर्ष गणगौर लड़की अपनी ससुराल में ही मनाती है। ससुराल में ही वह गणगौर का उद्यापन करती है और अपनी सास को बायना, कपड़े तथा सुहाग का सारा सामान देती है। साथ ही सोलह सुहागिन स्त्रियों को भोजन कराकर प्रत्येक को संपूर्ण श्रृंगार की वस्तुएँ और दक्षिणा दी जाती है।

□

हरियाली तीज

हरियाली तीज या श्रावणी तीज का उत्सव श्रावण मास में शुक्ल पक्ष की तृतीया तिथि को मनाया जाता है, खासतौर पर हरियाली तीज मारवाड़ी समुदाय की सुहागिन महिलाएँ काफी धूमधाम से मनाती हैं। जबकि भादो माह में पड़नेवाले तीज को अधिकांश समुदाय की सुहागिन महिलाएँ मनाती हैं। यह पर्व शिव-पार्वती की कथा पर आधारित है। महिलाएँ अपने पति की दीर्घायु के लिए यह व्रत एवं कथा का श्रवण करती हैं। आस्था, सौंदर्य और प्रेम का यह उत्सव भगवान् शिव और माता पार्वती के पुनर्मिलन के उपलक्ष्य में मनाया जाता है। चारों तरफ हरियाली होने के कारण इसे हरियाली तीज कहते हैं। इस मौके पर महिलाएँ झूला झूलती हैं, गीत गाती हैं और खुशियाँ मनाती हैं। इन अनुष्ठानों के दौरान कई तरह के पकवान बनाए जाते हैं। सुहागिन अपने सुहाग के दीर्घायु होने की कामना करती हैं। इस अवसर पर मेहँदी रचाने की भी खास परंपरा है।

□

दुर्गा-पूजा

शारदीय नवरात्रि (दुर्गा–पूजा) का बिहार में काफी महत्त्व है। आश्विन शुक्ल प्रतिपदा से लेकर नवमी तक 'दुर्गा सप्तशती' का पाठ होता है। सप्तमी की रात्रि में महाजागरण होता है। इस अवसर पर शाम को देवी माँ का पट खोल दिया जाता है, फिर महा अष्टमी की पूजा होती है। नवमी को हवन होता है तथा दशमी को प्रतिमा का विसर्जन होता है। पूरे राज्य में सप्तमी से दशमी तक इस अवसर पर उत्सव का माहौल रहता है। दशमी की शाम को लगभग हर जगह रावण वध का आयोजन भव्य रूप से होता है। मिथिलांचल के लोगों में तंत्र–मंत्र में आस्था होने से भी विशेष परंपराओं का पालन किया जाता है। माताएँ अपने बच्चों की कमर में काले धागे में लहसुन बाँध देती हैं और घर के प्रवेश द्वार पर काला टीका लगाया जाता है। इन सबके पीछे ऐसी धारणा है कि ऐसा

किए जाने से भूत-प्रेत के प्रभाव से घर-संसार बचा रहता है। इतना ही नहीं, दुर्गा पूजा के दौरान महिलाएँ कलश स्थापना से लेकर पट खुलने तक तेल और सिंदूर का प्रयोग नहीं करतीं। सप्तमी के दिन पट खुलने पर महिलाएँ सजे थाल और लाल वस्त्र से भगवती का आँचल भरने के बाद ही सिंदूर लगाती हैं। अष्टमी के दिन लोग व्रत रखते हैं और रात में निशा-पूजा करते हैं। इसी दिन पूजा स्थल और घर-घर में कुँवारी कन्याओं को भोजन कराया जाता है। मिथिलांचल में दुर्गा पूजा में हरसिंगार के फूल का विशेष महत्त्व है। हरसिंगार के फूल के लिए रात में ही इसे तोड़ने की व्यवस्था करनी पड़ती है। इसके लिए रात में ही पौधे के नीचे के स्थान को गोबर सें लीप दिया जाता है या सुबह स्वच्छ कपड़े को पकड़कर हरसिंगार के पौधे को डुलाया जाता है। बेलपत्र, जिसे लोकभाषा में बेलपत्तर कहा जाता है, इस अवसर पर उसकी अधिक मात्रा में आवश्यकता पड़ती है, इसलिए लोग सुबह से बेलपत्तर जुटाने में लग जाते हैं। परंपराओं की बात आती है तो लोगों का ध्यान सहज ही जयंती बाँधने के रिवाज पर जाता है, जिसमें मिट्टी के ऊपर कलश रखा जाता है और उनमें जौ के बीज बो दिए जाते हैं। विजयादशमी के दिन उसके अंकुरित नम्र धुव को जयंती कहकर लोग माथे पर रखते हैं। छात्र जयंती को पुस्तकों में भी रखते हैं।

□

खानपान

लिट्टी-चोखा

बिहार के व्यंजनों में लिट्टी-चोखा का अपना विशिष्ट स्थान है। इसकी पहुँच गाँव-कस्बों से लेकर महानगरों तक है। कुछ वर्ष पूर्व तक यह केवल मजदूर वर्ग का ही व्यंजन माना जाता था, लेकिन आज इसने उच्च वर्ग के घरों तक अपनी पैठ बना ली है। अब तो स्थिति यह है कि बड़ी-बड़ी पार्टी, शादी-ब्याह में लोग बड़े ही चाव से खाते हैं लिट्टी-चोखा। यूँ कहें कि लिट्टी-चोखा गाँव-कस्बों से निकलकर पाँच सितारा होटलों में भी अपनी खास पहचान बना चुका है। लिट्टी-चोखा को देश-विदेश में बिहारी व्यंजन के रूप में जाना जाता है। 'तुरंता' के नाम से प्रसिद्ध लिट्टी-चोखा पर कई भोजपुरी लोकगीत लिखे जा चुके हैं। यह सिर्फ संतुलित आहार ही नहीं है, बल्कि पौष्टिकता से भरपूर है। इसमें प्रोटीन, कार्बोहाइड्रेट तथा फैट की पर्याप्त मात्रा के अलावा एक लिट्टी में लगभग सौ कैलोरी मौजूद होती है। लिट्टी एक गेंद की तरह होती है, जो गेहूँ के आटे से बनी होती है। सत्तू (चने का आटा) में मसाले, प्याज, अदरक, लहसुन, नींबू का रस, अजवाइन आदि मिलाकर बनाए गए मिश्रण से इसे भरा जाता है। कभी-कभी इसका स्वाद बढ़ाने के लिए इसमें अचार का मसाला भी मिलाया जाता है। पारंपरिक रूप से इस आटे की गेंद को गाय के गोबर के

उपले, लकड़ी या कोयले पर सेंका जाता था और फिर घी डाला जाता है। लिट्टी को चोखे के साथ खाया जाता है, जोकि बैंगन, आलू और टमाटर के मिश्रण में मसाले मिलाकर बनाया जाता है। आलू, बैंगन और टमाटर को पहले आग पर सेंका जाता है और फिर अच्छी तरह मसलकर बारीक कटे प्याज और मसालों के साथ मिलाया जाता है। लिट्टी आटे के अंदर सत्तू में मसाले डालकर आग पर सेंकने से बनती है। जब यह फटने लगती है तो मान लिया जाता है कि लिट्टी पूरी तरह पक गई है। पकने के बाद लिट्टी को घी में डुबो दिया जाता है, जिसे चोखे के साथ परोसा जाता है। स्वादिष्ट लिट्टी-चोखे को मूली, प्याज, अचार तथा चटनी के साथ खाने का मजा ही कुछ और है।

स्वाद की तरह ही लिट्टी-चोखे का इतिहास भी बेहद दिलचस्प है। इसका इतिहास मगध काल से जुड़ा है। कहा जाता है कि मगध साम्राज्य के दौरान लिट्टी-चोखा प्रचलन में आया। कालांतर में यह मगध साम्राज्य से देश के दूसरे हिस्सों में भी फैला। मगध बहुत बड़ा साम्राज्य था। इसकी राजधानी पाटलिपुत्र हुआ करती थी, जिसे आज बिहार की राजधानी पटना के रूप में जाना जाता है। मगध साम्राज्य के उसी बेहतरीन दौर में लिट्टी-चोखा सबसे पहली बार अस्तित्व में आया। लिट्टी-चोखे का जिक्र मुगल काल में भी मिलता है, लेकिन उस दौर में इसका स्वाद बदल गया। मुगल काल में मांसाहार ज्यादा प्रचलित था। इस दौर में लिट्टी के साथ शोरबा खाने का प्रचलन शुरू हुआ। इसी तरह ब्रिटिश शासन के दौरान भी इसमें बदलाव आया। अंग्रेजों ने अपनी पसंदीदा करी

के साथ लिट्टी का स्वाद लिया था। स्वतंत्रता आंदोलन में सेनानियों के लिए भी बनाया जाता था लिट्टी–चोखा।

लिट्टी–चोखे को युद्ध का व्यंजन भी कहा जाता है। प्राचीन काल में युद्ध के दौरान सैनिक ख़ाने के सामान के तौर पर लिट्टी लेकर चलते थे। लिट्टी की खासियत है कि यह जल्दी खराब नहीं होती। इसे बनाना भी आसान है और यह काफी पौष्टिक भी होती है। सन् 1857 के विद्रोह में सैनिकों के लिट्टी–चोखे खाने का जिक्र मिलता है। तात्या टोपे और रानी लक्ष्मीबाई ने इसे अपने सैनिकों के खाने के तौर पर चुना था। सैनिकों को इससे लड़ने की ताकत मिलती थी। इसे 'फूड फॉर सरवाइवल' कहा गया। इसे बनाने के लिए किसी बरतन की जरूरत नहीं है। इसमें पानी भी कम लगता है। साथ ही यह सुपाच्य और पौष्टिक भी है। यह जल्दी खराब भी नहीं होता। एक बार बना लेने के बाद इसे दो–तीन दिन तक खाया जा सकता है।

□

बक्सर का लिट्टी-चोखा मेला

बिहार के बक्सर जिले में अगहन माह के दौरान लगनेवाला 'लिट्टी-चोखा मेला' कई मामलों में बेहद अनूठा और खास है, जो 'पंचकोशी परिक्रमा' या 'पंचकोश मेले' के नाम से विख्यात है। इस मेले को लोग 'लिट्टी-चोखा मेला' के नाम से भी जानते हैं। शास्त्रीय मान्यता के अनुसार देखा जाए तो मार्गशीर्ष अर्थात् अगहन माह की कृष्ण पंचमी को मेला प्रारंभ होता है। पहले दिन अहिरौली, दूसरे दिन नदांव, तीसरे दिन भभुअर, चौथे दिन उनवास तथा पाँचवें दिन चरित्रवन में लिट्टी-चोखा खाया जाता है। लोकप्रिय लोकगाथा है—'माई बिसरी··· पंचकोसवा के लिट्टी-भंटा ना बिसरी।'

□

मनेर का लड्डू

पटना की मिठाइयों की जब भी चर्चा होती है तो सबसे पहले जुबान पर मनेर के लड्डू का नाम आता है। इसका नाम सुनते ही मिठाई प्रेमियों के मुँह में पानी आ जाता है। पूर्व में जमींदारों और राजाओं द्वारा विशेष ऑर्डर दे मनेर से लड्डू मँगवाने की परंपरा रही है। प्राचीनकाल में मनेर व्यापारिक तथा प्रशासनिक केंद्र था। मध्य काल में मनेर उस समय विख्यात हो गया, जब यह पूर्वी भारत में इसलामिक धर्म के प्रसार का केंद्र बना। धार्मिक महत्ता बढ़ने के कारण यह महान् विभूतियों को आमंत्रित करता रहा था। मुगल स्थापत्य का प्रमुख केंद्र बना मनेर आज भी सांस्कृतिक सामंजस्य तथा सांप्रदायिकता को जीवंत बनाए हुए है। यह ऐतिहासिक स्थल पटना से पश्चिम राष्ट्रीय राजमार्ग संख्या 30 पर पटना जंक्शन से लगभग 30 किलोमीटर दूर है। मनेर के लड्डुओं की लोकप्रियता में इसकी निर्माण प्रक्रिया का अहम योगदान है। यहाँ सोन-गंगा नदी के संगम स्थल से प्राप्त जल में घरेलू आटा चक्की पर पीसे गए बेसन तथा शुद्ध घी का प्रयोग होने से लड्डुओं में एक अलग विशिष्टता समाहित हो जाती है। पूर्व में जहाँ शुद्ध देसी घी का बोलबाला रहा, वहीं आजकल रिफाइंड में बने लड्डुओं की माँग है। मनेर

लड्डू की अपनी ऐतिहासिक परंपरा है। एक परंपरा के अनुसार, अकबर के शासनकाल 1556-1605 ईसवी में अब्दुर रहीम खान, मखदूम साहब के दर्शन के लिए मनेर आए। उनके साथ आए बावर्ची ने नुक्ति या मुक्ति कपास के बीज के बेसन का लड्डू बनाकर मखदूम साहब को पेश किया। इसका स्वाद पसंद आने के कारण इसको बनाने का नुस्खा या तरीका स्थानीय लोगों को बताया गया, लेकिन अब इस लड्डू का केवल जनश्रुति के रूप में इतिहास है। सच बात यह है कि लड्डू नुक्ति के नहीं, बल्कि चने के बेसन का बनता है। एक अन्य स्रोत के अनुसार, नुक्ति के लड्डू का रहस्य मुगल शासक शाह आलम के रसोइए से स्थानीय हलवाई ने ग्रहण किया। मनेर की दूसरी ऐतिहासिक मिठाई ताजखानी है, जो लगभग लुप्त हो गई है। यह मिठाई कोदो से बनती है। यह कोदो एक खरीफ फसल है, जो लगभग विलुप्त हो गई है ताजखानी कोदो आटे से बनती थी तथा इसका आकार और बनावट सिलाव के खाजे की तरह होता था। मौर्यालोक कॉम्प्लेक्स में 1994 से मनेर का लड्डू खिला रहे मनोज गुप्ता बताते हैं कि हमारी दुकान भले ही राजधानी में है, लेकिन लड्डू की बूँदी मनेर से ही तैयार होकर आती है। सोन का पानी मीठा होता है। यही स्वाद लड्डू में भी उतर आता है। अभिनेता आमिर खान वर्ष 2012 में जब अपनी फिल्म के प्रमोशन के लिए पटना आए थे तो मनेर का लड्डू खाने के लिए मौर्यालोक पहुँचे थे।

□

भागलपुर की बालूशाही

भागलपुर में अगर मिठाई की बात की जाए तो नाथनगर में मधुसूदन के देसी घी की बालूशाही का नाम पहले आता है। पाँच दशकों से इस मिठाई की दुकान ने केवल नाथनगर में ही नहीं, बल्कि पूरे बिहार के लोगों को अपने स्वाद का दीवाना बना रखा है। मधुसूदन लाल जैन के नाम से यह मिठाई की दुकान आसपास के जिलों में भी प्रसिद्ध है। यहाँ की बालूशाही के आगे अच्छी-अच्छी मिठाई की दुकानें भी फीकी हैं। शहर के लोग, जो विदेशों में रहते हैं, वे भी अपने परिजनों और दोस्तों से इस मिठाई को विशेष रूप से मँगवाते हैं। दुकान में चार से पाँच कारीगर बालूशाही बनाने में व्यस्त रहते हैं। मधुसूदन लाल जैन की बालूशाही की माँग का अंदाजा इस बात से लगाया जा सकता है कि बालूशाही की कीमत 20 रुपए प्रति पीस है। बालूशाही की खुशबू का दुकान की सड़क से गुजरने के साथ ही दूर से अहसास होने लगता है। दुकान के प्रमुख राकेश जैन की मानें तो यहाँ की मिठाइयों के दीवाने पूर्व मुख्यमंत्री भागवत झा आजाद भी रहे थे। जब भी वे यहाँ आते तो यहाँ की बालूशाही जरूर ले जाते थे। वक्त बदलने और महँगाई बढ़ने के बावजूद बालूशाही के स्वाद में पहले से कोई अंतर नहीं आया है। यहाँ की विश्वसनीयता और स्वाद के कारण लोगों की भीड़ यहाँ खिंची चली आती है।

□

ठेकुआ

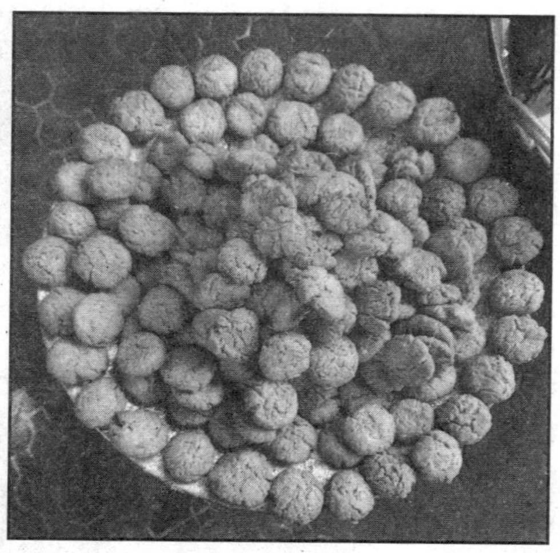

ठेकुआ बिहार की बहुत ही लोकप्रिय और स्वादिष्ट मिठाई है। यह सूबे का पारंपरिक व्यंजन भी है। महापर्व छठ व्रत में ठेकुआ महाप्रसाद के रूप में बनाया जाता है। इसे बनाने में काफी शुद्धता और पवित्रता का खयाल रखा जाता है। छठ व्रत चाहे बिहार में हो या देश-विदेश में, प्रसाद के रूप में ठेकुआ बनाना अनिवार्य है। यह पूरे सूबे में शहर से लेकर गाँव-कस्बों में बड़े चाव के साथ बनाया जाता है। ठेकुआ बनाने के लिए मुख्य रूप से गेहूँ का मोटा आटा, गुड़ या चीनी, घी या रिफाइंड का प्रयोग किया जाता है। स्वाद बढ़ाने के लिए इलायची और नारियल के छोटे-छोटे टुकड़ों का प्रयोग किया जाता है। गेहूँ के आटे को गुड़ या चीनी तथा घी या रिफाइंड को पानी के साथ मिलाकर गूँथा जाता है। इसके बाद लकड़ी के बने डिजाइनदार साँचे पर हाथ से दबाकर ठेकुआ का रूप दिया जाता है। ठेकुआ की गोलाई तीन-चार इंच तथा मोटाई लगभग एक इंच तक रखी जाती है। फिर उसे हलकी आँच पर घी या रिफाइंड में लाल-भूरा होने तक तला जाता है। गरम होने पर यह नरम होता है, लेकिन ठंडा होने पर खस्ता हो जाता है। इस सूखी मिठाई की खासियत यह है कि इसे दो सप्ताह से अधिक दिनों तक सुरक्षित रखा जा सकता है। गुड़ से बना ठेकुआ इतना स्वादिष्ट होता है कि इसे शब्दों में व्यक्त नहीं किया जा सकता।

□

शीर चाय

पवित्र रमजान माह में गरमागरम शीर चाय पीने का अपना ही मजा है। कहते हैं कि अरब देशों में मुसलिम समुदाय के लोग मगरीब की नमाज के बाद एक जगह एकत्र होते थे। उस समय उनके स्वागत में गुड़ से बनी चाय पेश की जाती थी। वही परंपरा 'शीर चाय' के रूप में आज भी अक्षुण्ण है। मुगलों के साथ हिंदुस्तान आई इस चाय को 'नून चाय' भी कहा जाता है। 'शीर' उर्दू शब्द है, जिसका अर्थ होता है दूध।

शीर चाय में प्रयोग होनेवाली चाय पत्ती आम चाय की पत्ती से बिल्कुल अलग होती है। इसके लिए चाय पत्ती कश्मीर से मँगाई जाती है। इस चाय को तैयार करने में सात से आठ घंटे तक का वक्त लगता है। सबसे पहले एक बड़ी डेगची में पानी डालकर चाय पत्ती को लगभग चार घंटे तक उबाला जाता है। इसके बाद इसे एक डेगची से दूसरी डेकुची में डालकर मिलाया जाता है। यह प्रक्रिया घंटों चलती है। मिलाने के दौरान चाय पत्ती मिश्रित पानी बिल्कुल लाल-सा हो जाता है। इसके बाद कपड़े से छानकर चाय पत्ती को अलग कर लिया जाता है। मात्रा के अनुसार दूध में प्रति किलो 10-10 ग्राम काजू, किशमिश, जाफरान, पोस्तदाना, नारियल का बुरादा, कागजी बादाम और अखरोट पीसकर मिलाया जाता है। मिश्रण को कपड़े से छानकर चाय पत्तीवाले पानी में मिला दिया जाता है और एक बार फिर पूरे मिश्रण को खौलने के लिए चढ़ा दिया जाता है। लगभग तीन-चार घंटे तक खौलने के बाद इसमें केसर मिलाया जाता है। चाय में कड़ापन आने के बाद चीनी डाल दी जाती है और सबसे अंत में केवड़ा एसेंस मिलाया जाता है। कहीं-कहीं इसके स्वाद को और बेहतर बनाने के लिए इसमें दूध की क्रीम भी डाली जाती है।

इस तरह शीर चाय तैयार कर रोजेदार को परोसी जाती है। स्थानीय बुजुर्ग बताते हैं कि 1962 में पहली बार यह चाय बनी थी, पटना मार्केट (अशोक राजपथ) के सामने अंजुमन इसलामिया हॉल के सामने वक्फ बोर्ड में इसे गफ्फार ने तैयार किया था। वर्ष 1972 तक केवल उस्ताद तैयार करते थे। धीरे-धीरे शीर चाय के रमजान के दौरान पटना

में चार दर्जन से अधिक स्टॉल लगने लगे हैं। पटना मार्केट के पास शीर चाय बेचनेवाले मोहम्मद शकील बताते हैं कि गुलाबी रंग की यह चाय अनेक गुणों को अपने में समेटे हुए है। जहाँ एक ओर यह पौष्टिक होने के कारण रोजेदारों को ताकत देती है, वहीं इस चाय को पीने से अगले दिन प्यास भी कम लगती है। यह चाय सब्जीबाग, सुल्तानगंज, रमना रोड, पटना सिटी जैसे मुसलिम इलाके में रमजान के दौरान खूब बिकती है।

□

सिलाव का खाजा

सिलाव का खाजा अपने स्वाद, हलकी मिठास और कुरकुरेपन के लिए प्रसिद्ध है। पटना में भी कई वर्ष पूर्व से छोटे चौकोर आकार के खाजा मिलते रहे हैं। हालाँकि, पहले जिस खाजा का प्रचलन हुआ करता था, वह वर्तमान खाजा से स्वाद और आकार में अलग था। पहले गांधी टोपी आकार का खाजा प्रचलन में हुआ करता था, जिसमें बीच का भाग फैला होता था। वह 'टोपिया खाजा' के नाम से जाना जाता था। 'टोपिया खाजा' मुख्य रूप से शादी-ब्याह के मौके पर ही बनाया जाता था। अब यह पारंपरिक खाजा लुप्त-सा हो गया है। खाजा मैदे से बनता है, इसलिए यह जल्दी खराब नहीं होता है। यह मिठाइयों की तुलना में ज्यादा प्रचलन में है, खासकर लगन के मौसम

में इसकी माँग काफी बढ़ जाती है। वर और वधू पक्ष इसे संदेश के रूप में एक-दूसरे के यहाँ भेजते हैं। सिलाव के खाजा को पटना शहर में लाने का श्रेय पटना सिटी स्थित गुजरी बाजार मोहल्ले के निवासी स्व. रामबली गुप्ता को जाता है। उनकी दुकान का नाम 'सिटी सिलाव खाजा भंडार' है। लगभग 75 साल पहले यहाँ से पूरे पटना सहित उत्तर बिहार और नेपाल तक खाजा जाता था। लगभग तीन-चार दिन पहले ऑर्डर देकर जाते थे और स्टीमर या नाव से पहले भेजते थे, वहाँ से ग्राहक खाजा ले जाते थे। उस वक्त खाजा की कीमत 4 रुपए प्रति किलो थी और टोपिया खाजा सात रुपए प्रति किलो था। आज स्व. रामबली गुप्ता की तीसरी पीढ़ी विकास रंजन (पौत्र) खाजा की दुकान चला रहे हैं।

चीनी का बना खाजा तो आपको सब जगह मिल जाएगा, लेकिन नमकीन खाजा आपको खास-खास दुकानों में ही मिलेगा। इसके लिए पहले ग्राहकों को ऑर्डर देना पड़ता है। सिलाव का खाजा बनाने में घी या रिफाइंड, मैदे और चीनी की आवश्यकता होती है। यह खाजा तीन घंटे में तैयार होकर बाजार में बेचने लायक हो जाता है। इस खाजे की विशेषता यह है कि यह काफी हलका और नरम होता है। मुँह में डालते ही घुल जाता है। यही कारण है कि इस खाजा के एक किलो वजन में लगभग 30-35 पीस चढ़ते हैं।

स्थानीय लोगों के अनुसार, सिलाव में खाजा बनाने की शुरुआत स्व. काली साह ने की थी। साह ने यहाँ के पानी के विशेष गुण की महत्ता के आलोक में यहाँ खाजा बनाना शुरू किया था। बिहार में खाजा बनाने का सिलसिला बौद्ध काल के पूर्व से ही चला आ रहा है। कहते हैं कि एक बार भगवान् बुद्ध चंडी मौऊ जाने के क्रम में सिलाव में रुके थे। तब नालंदा विश्वविद्यालय के प्रकांड विद्वान् आचार्य शीलभद्र ने उनका स्वागत अंबलटिका (सिलाव) में किया था और उन्हें खाने के लिए खाजा भेंट किया था। खाजा के विशिष्ट स्वाद से प्रभावित हो भगवान् बुद्ध ने इस मिठाई के बारे में जानकारी प्राप्त की थी तथा इसके अति स्वादिष्ट होने की सराहना की थी। भगवान् बुद्ध ने प्रसन्न हो अपने शिष्यों को कहा कि 'इसे खा जा'। उनके इस कथन के फलस्वरूप उसी दिन से इस मिठाई का नाम 'खाजा' पड़ गया।

सिलाव के खाजा के साथ-साथ पिपरा (सुपौल) के खाजा का नाम भी जेहन में आता है। 'पिपरा खाजा' की महक पड़ोसी देश नेपाल तक महसूस की जा सकती है। एसएच-76 और एनएच-106 के किनारे होने के कारण 'पिपरा खाजा' को इस रास्ते से गुजरनेवाले खाने से कभी नहीं चूकते हैं। आज पिपरा का खाजा ब्रांड के रूप में तब्दील हो चुका है। मिथिला के इलाके में पिपरा के खाजा की विशिष्ट पहचान है। मिथिला संस्कृति के अनुसार, शादी के बाद जब बेटी को विदा किया जाता है तो संदेश के रूप में खाजा एक अनिवार्य मिष्टान्न होता है। स्वाद में यहाँ का खाजा अद्भुत है। सिलाव के

खाजा की तरह यहाँ का खाजा मुलायम और बड़ा नहीं होता है, बल्कि छोटा और थोड़ा कड़ा होता है, लेकिन मुँह में जाते ही वह घुल जाता है। खाजा बिहार के अलावा उड़ीसा और पश्चिम बंगाल में भी बेहद लोकप्रिय है। ये सभी क्षेत्र एक समय मौर्य साम्राज्य के अंग थे। कहा जाता है कि दो हजार वर्ष पूर्व भी इन क्षेत्रों के उपजाऊ इलाकों में खाजा बनाया जाता था। सिलाव का खाजा अन्य जगहों के मुकाबले बेहतर समझा जाता है।

□

गाजा

गाजा भी सूबे की एक लोकप्रिय मिठाई है। लगन के मौसम में इसकी माँग बढ़ जाती है। मैदे से तैयार गाजा चौकोर आकार में होता है। इसे बनाने में मैदा, रिफाइंड और मीठा सोडा मिलाते हैं। साथ ही स्वाद बढ़ाने के लिए इलायची और सौंफ का पाउडर भी मिलाया जाता है। उसके बाद मिक्स मैदे को ट्रे में जमा देते हैं। लगभग आधे घंटे तक जमने देते हैं। उसके बाद लगभग दो इंच के आकार में चौकोर काटा जाता है। फिर काटे गए पीस को रिफाइंड में तब तक तला जाता है, जब तक कि उसका रंग भूरा नहीं हो जाता है। उसके बाद उसे चीनी की चाशनी में आधा घंटे तक डुबोकर छोड़ दिया जाता। इस तरह गाजा खाने और बिकने के लिए तैयार हो जाता है।

□

कोआथ का बेलगरामी

कोआथ में विशेष रूप से बनाई जानेवाली मिठाई टिकिया काफी स्वादिष्ट होती है। वैसे कोआथ को 'नवाबों की नगरी' भी कहा जाता है। कहते हैं कि रोहतास जिले के कोआथ में एक जमींदारी बेलगरामी मुसलमानों की हुआ करती थी। इन बेलगरामी मुसलमानों की रईसी का जिक्र एक जमाने में आम हुआ करता था। इनके बावर्चीखाने की चर्चा इलाके में थी। इस तरह की मीठी टिकिया अन्य जगह नहीं बनती है, जो नवाबों की हवेली से निकलकर गरीबों की बेटियों के कलेवे की पोटली तक ही नहीं पहुँची, बल्कि एक परंपरा में बदल गई। बिहार की बेलगरामी मिठाई को बोलचाल की भाषा में 'बेलगरामी' कहते हैं।

इतिहास के पन्नों के अनुसार, 1768 ईसवी में शाहाबाद के नवाब सैयद नरुल हसन खान ने दूसरा निकाह रचाया था। नवाब साहब की बेगम हरदोई (यूपी) के बेलग्रामी गाँव की रहनेवाली थी। नवाब साहब की बेगम मिठाई खाने की शौकीन थीं। इसलिए जब ससुराल आईं तो अपने साथ दूसरे खिदमतगारों के साथ खानसामा (हलवाई) को भी लेकर आई थीं। जब तक नवाबी ठाट-बाट रहा, तब तक खानसामा नवाब साहब के परिवार को मिठाई बनाकर खिलाते रहे, लेकिन नवाबी जाने के बाद खानसामा की आर्थिक स्थिति दिनोदिन खराब होती चली गई। तब नवाब घराने की मिठाई को वे व्यावसायिक रूप में बनाने लगे। इन लोगों ने बेगम साहिबा के सम्मान में इसका नाम 'बेलगरामी' रख दिया। तब से मैदे से बनाई जानेवाली टिकिया 'बेलगरामी' नाम से लोकप्रिय है। इसकी अपनी खास पहचान और स्वाद है। इसे बनाने की खास विधि है।

□

बाढ़ का खोवी लाई

बाढ़ (चोंदीपर मोहल्ला) खोवी लाई निर्माण का प्रमुख केंद्र है। यहाँ दर्जनों दुकानें हैं। खोये लाई बनाने के लिए कारीगर सबसे पहले खोया को चौड़े मुँह वाले कड़ाहे में डालकर भूनते हैं। दुकानदारों ने बताया कि खोया इतना भूना जाता है कि भूनने के बाद एक किलो खोया 700 ग्राम तक रह जाए। इसके बाद चाशनी तैयार की जाती है। चाशनी में सौंधापन लाने के लिए इसमें सौंफ, इलायची आदि पीसकर मिलाया जाता है। जब चाशनी ठंडी हो जाती है तो भूना हुआ लावा, खोया चीनी की चाशनी में मिलाकर उसे लड्डू का आकार दिया जाता है। यह मिठाई तीन-चार दिन तक खराब नहीं होती है। खोया लाई का लावा खोवी के पेड़ से प्राप्त होता है। खोंबिया दाना आमतौर पर उत्तर बिहार के मिथिलांचल और नेपाल के तराई इलाकों में खेतों में उपजाई जानेवाली एक फसल है। पहले रामदाना से लाई बनाई जाती थी, लेकिन अब उसकी जगह खोबिया दाना ने ले ली है। पहले बाढ़ में केवल चीनी और लावा मिलाकर ही लाई तैयार की जाती थी, लेकिन साठ के दशक में स्वर्गीय रामधनी ने खोया लाई बनाना शुरू किया था।

सड़क मार्ग से पटना-मोकामा के बीच बाढ़ में पड़नेवाले राष्ट्रीय उच्च पथ पर दर्जनों खोया लाई की दुकानें हैं। इस लाई की शुरुआत लगभग 150 साल पहले चोंदीपर मोहल्ले में दूसरे प्रदेश से आए कुछ लोगों ने की थी। वे अपने साथ खाने के लिए भूना

हुआ रामदाना लेकर आए थे। वे गुड़ मिलाकर खाते थे। उसी समय कुछ लोगों ने दोनों के मिश्रण को लड्डू की तरह बनाकर बेचना शुरू कर दिया। लगभग 75 साल पहले स्व. रामधनी प्रसाद और उनके कुछ कारीगरों ने इसे नई शक्ल दी। बाढ़ की लाई तीन प्रकार की होती है—सामान्य, स्पेशल और वी.आई.पी.। सामान्य लाई में कम खोये का प्रयोग होता है, जबकि स्पेशल में ज्यादा खोये तथा वी.आई.पी. खोया लाई में खोया के साथ ड्राई फ्रूट्स का भी प्रयोग होता है।

□

बिदुपुर की दानेदार मिठाई

हाजीपुर–महानार मुख्य मार्ग पर हाजीपुर मुख्यालय से महज 15 किलोमीटर की दूरी पर स्थित है बिदुपुर बाजार, जहाँ की दानेदार बालूशाही मिठाई काफी लोकप्रिय है। यह मिठाई भैंस के दूध से तैयार की जाती है, जो काफी स्वादिष्ट होती है। इस मार्ग से गुजरनेवालों के कदम यहाँ पहुँचते ही ठहर जाते हैं और राहगीर बिना दानेदार मिठाई खाए आगे नहीं बढ़ते हैं। यहाँ की सबसे पुरानी और मशहूर दुकान स्व. सुरेश साह की है। आजादी के पहले से ही साह का पुश्तैनी कारोबार चल रहा है। सुरेश साह के भाइयों के अलावा अलग–अलग दुकानें भी हैं। स्थानीय लोगों ने बताया कि सुरेश साह की दानेदार मिठाई में जो स्वाद और आकार है, वह अन्य दुकानों में नहीं। इस मिठाई में डालडा या रिफाइंड का प्रयोग नहीं होता है। चीनी की चाशनी और छेना से बनी दानेदार मिठाई लंबे समय तक खराब नहीं होती है। दानेदार मिठाई की कीमत अन्य मिठाइयों से कम है। लगन के मौसम में हर दिन लगभग पाँच से सात क्विंटल दानेदार मिझाई की बिक्री होती है।

□

मखाने की खीर

मखाने दूध में डालकर खीर बनाई जाती है। मखाने दूध में मिलते ही बेहद स्वादिष्ट खीर में बदल जाते हैं। मखाने का हलवा भी अत्यंत स्वादिष्ट होता है। यह प्रकृति की ओर से बिहार को दिया गया एक उद्‌भुत उपहार है। मिथिलांचल में एक बहुत प्रसिद्ध लोकोक्ति है—'पग-पग पोखर, माछ, मखान, मधुर बोल मुस्की मुख पान', यानी कदम-कदम पर तालाब-तालाब में मछली और मखान और हर व्यक्ति के मुख में पान मुसकान, मिथिला की यही है पहचान! इस क्षेत्र का कोई भी सामाजिक समारोह, धार्मिक अनुष्ठान या पर्व-त्योहार ऐसा नहीं है, जोकि मखाने के बिना संपन्न होता हो। खासकर मिथिलांचल में शरद पूर्णिमा के दिन इसका विशेष महत्त्व है। 'मखाना' शब्द की उत्पत्ति संस्कृत के मखान्न शब्द से हुई है। हिंदी में इसे मखाना कहा गया है और वैज्ञानिकों ने इसका नाम 'यूरीएल फेरोक्स ऐलिस्ब' नाम दिया है। उत्तरी बिहार, मुख्य रूप से मिथिला के क्षेत्रों में इसकी पैदावार स्थिर जल यानी तालाबों में होती है। वस्तुतः 'मखाना' शब्द संस्कृत के मख और अन्न शब्द से मिलकर बना है। मख का अर्थ है यज्ञ और अन्न, या यज्ञ आदि में प्रयुक्त होनेवाला पवित्र

अनाज। पूसा कृषि संस्थान के पूर्व निदेशक डॉ. शशि शेखर के अनुसार, 'मखाना पचास हजार वर्ष पहले चीन से चलकर जापान होते हुए पूर्वोत्तर भारत के रास्ते मिथिलांचल पहुँचा। चूँकि यहाँ जल संसाधन का भरपूर भंडार है और यहाँ का वातावरण और मिट्टी इसके लिए मुफीद है, इसलिए मिथिलांचल में इसकी उपज खूब होती है।'

मखाना बहुत ही पौष्टिक खाद्य पदार्थ माना गया है। इसमें कार्बोहाइड्रेट, जल, प्रोटीन, वसा, फ्लोरिन, ऊर्जा तत्त्व आदि पाए जाते हैं। वसा की मात्रा अल्प होने के कारण यह सुपाच्य होता है और अस्वस्थ लोगों के लिए हलका नमक देकर भूना गया एक उत्तम आहार माना जाता है। प्रोटीन के कारण मखाने को काजू, अखरोट से उत्तम माना गया है। साथ ही औषधीय गुण के दृष्टिकोण से आयुर्वेदिक एवं यूनानी चिकित्सा पद्धति में इसका विशेष महत्त्व है तथा पाचन, प्रजनन, रक्त संचरण और हृदय रोग संबंधी विकार में इसका सेवन अत्यधिक लाभदायी होता है। मखाने का प्रयोग दाल और सब्जी में मिलाकर भी किया जाता है। मखाने के मेल से दाल और सब्जी अधिक स्वादिष्ट हो जाती है। पानी में उत्पादित फल की श्रेणी में माने जाने के कारण मखाने का प्रयोग व्रत-त्योहार में भी किया जाता है। फलाहारी व्रती लोग पूजा-पाठ में मखाने को घी में भूनकर, चीनी के पाक में मिलाकर या दूध में खौलाकर खीर बना लेते हैं और उसका उपयोग फलाहार के रूप में करते हैं।

□

शीतलपुर का रसगुल्ला

छपरा-पटना मुख्य मार्ग पर शीतलपुर के रसगुल्ले का नाम लेते ही मुँह में पानी आ जाता है। वैसे यहाँ वैशाखी साह की मशहूर मिठाई की दुकान है। इस दुकान की शुरुआत वैशाखी साह के पिता स्व. विनोद प्रकाश साह ने लगभग सौ वर्ष पहले की थी। ब्रिटिश काल से ही यह पुश्तैनी कारोबार चला आ रहा है। आज भी यह दुकान स्व. साह के पुश्तैनी मकान में ही है। गाय के शुद्ध दूध से तैयार रसगुल्ला खाने में काफी सुपाच्य और शुद्ध होता है। यही कारण है कि शीतलपुर से गुजरनेवाले का ध्यान बरबस इस मिठाई पर चला ही जाता है और दो-चार पीस खाने के बाद ही मुसाफिर आगे बढ़ता है। यहाँ का रसगुल्ला छपरा, सिवान और गोपालगंज तक लोकप्रिय है। वैशाखी साह की मिठाई की दुकान आज भी पुरानी परंपरा को कायम रखे हुए है। बाहर ले जाने के लिए मिट्टी के बरतन में रसगुल्लों को पैक किया जाता है। लोगों की मानें तो वैशाखी साह के रसगुल्ले में गजब का स्वाद और आकार था। स्पंज इस कदर रहता था कि जोर से दबाने के बाद भी रसगुल्ला पुनः अपने आकार में आ जाता था, लेकिन अब इस गुणवत्ता में कमी आ गई है। इस वक्त शीतलपुर में लगभग छह-सात मिठाई की दुकानें हैं, जहाँ हर दिन सैकड़ों किलो रसगुल्ले बनते और बिकते हैं।

□

धनरूआ की लाई

धनरूआ में खोये से बननेवाली लाई के स्वाद की अपनी अलग पहचान है, बल्कि यूँ कहें कि आज धनरूआ की पहचान शुद्ध खोये से बननेवाली स्वादिष्ट लाई से ही है। यहाँ लाई बनाने की शुरुआत साल 1984 में पंडितगंज के रहनेवाले सीताराम साहू ने की थी। यहाँ यूँ तो दर्जनों लाई की दुकानें हैं, किंतु 'विजय लाई भंडार' यहाँ की सबसे पुरानी दुकान है। सीताराम साहू इसी दुकान के मालिक थे। धीरे-धीरे यह लाई धनरूआ की पहचान बन गई। शुरुआती दौर में प्रखंड कार्यालय के पास मिठाई की एक-दो दुकानें हुआ करती थीं। मिठाई की बिक्री कम हो जाने के कारण सीताराम साहू ने गाय के दूध का खोया निकालकर मिठाई की जगह लाई बनानी शुरू कर दी। आज लाई इस इलाके में शादी-ब्याह का मुख्य हिस्सा बन गई है। बारातियों के नाश्ते में मिठाइयों के साथ धनरूआ की लाई भी अनिवार्य रूप से शामिल होती है। शुरुआती दौर में इस लाई की कीमत 20 से 25 रुपए प्रति किलो थी, लेकिन आज इसकी कीमत 300 रुपए से लेकर 400 रुपए तक है। धनरूआ की इस लाई की प्रसिद्धि की धमक विदेशों में भी है। शुद्ध खोये की इस स्वादिष्ट लाई के दुकानदारों की मानें तो चीन व जापान के पर्यटक इस लाई को काफी पसंद करते हैं। बोधगया जाने के क्रम में विदेशी लोग उन्हें ऑर्डर देते हैं और वापस आते वक्त यहाँ से लाई ले जाते हैं। धनरूआ की प्रसिद्ध लाई बनाने के लिए खोया और चीनी आदि सामग्रियों की जरूरत पड़ती है। सबसे पहले खोया तैयार किया जाता है। फिर खोये में चीनी, किशमिश, काजू आदि मिलाकर उसके गोले बनाए जाते हैं और उन्हें कुछ समय तक सुखाया जाता है। इसके बाद लाई खाने और बिक्री के लिए तैयार हो जाती है।

□

गोगरी का दही

गोगरी (खगड़िया) के दही के दीवाने हैं कई जिलों के लोग। संदेश के रूप में अपने प्रियजनों को भेजने के लिए इसे ले जाते हैं। खगड़िया जिला दूध, दही व मक्का के उत्पादन के लिए देश व प्रदेश स्तर पर बहुत पहले से मशहूर रहा है। यहाँ का दही भी बहुत मशहूर है। यहाँ तैयार किया गया दही जो एक बार खा लेता है, वह यहाँ के दही का गुणगान व बखान करते नहीं थकता। खासकर गोगरी एवं आसपास के मवेशी पालकों द्वारा बड़े मनोयोग से तैयार किए गए दही को खानेवाले लोग हाथ चाटकर खाते हैं। यहाँ के दही की खासियत यह होती है कि दही खाने के बाद जब खानेवाले लोग हाथ धोते हैं तो उनके हाथ से दही व घी जल्दी नहीं छूटता है। बाहर से आनेवाले परदेसियों को अगर इस तरह का दही खाने को मिल जाता है तो खाने के बाद खानेवाले की इच्छा होती है कि कुछ दही वह अपने घर अपने बच्चों व परिवार के लिए भी ले जाए। यहाँ दही बनाने में दक्ष लोग विशेष तरीके से दही तैयार करते हैं। ऐसे दक्ष लोगों का मानना है कि अगर वे मिट्टी की हाँड़ी में ठीक ढंग से दही तैयार कर देंगे तो दही के तैयार होने के बाद अगर मिट्टी का बरतन टूट भी जाए तो लोग उसे कपड़े में बाँधकर दही को कुछ दूर तक ले जा सकते हैं। गोगरी के रजिस्ट्री चौक स्थित दही तैयार करनेवाले एक हलवाई सीताराम साह दही तैयार करने को लेकर बताते हैं कि मँगाए गए दूध को पहले लकड़ी पर धीमी आँच पर निर्धारित समय तक ओटाने (गरम करने) के बाद उसे ठंडा होने के लिए छोड़ दिया जाता है। कुछ देर तक ठंडा करने के बाद दूध को पूरी तरह से फेंटा जाता है। उसके बाद मिट्टी की हाँड़ी या मिट्टी की डेगची में उसका दही जमाया जाता है। दही तैयार करने को लेकर उसमें जोरन के रूप में थोड़ा सा दही भी निर्धारित मात्रा में डाला जाता है। दही तैयार करनेवाले इस हलवाई ने बताया कि यहाँ के मवेशियों के लिए वैसी घास खेत व बहियार में उपलब्ध हैं, जिन्हें खाने के बाद गाय और भैंस मोटा दूध देती हैं। उस गाढ़े दूध से तैयार किया गया दही, मिष्टान्न आदि बहुत ही स्वादिष्ट होता है।

□

बड़हिया का रसगुल्ला

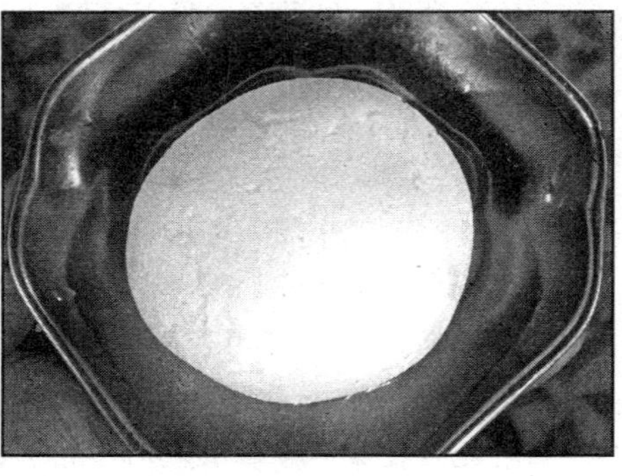

बड़हिया यानी बड़ा हृदय, कुछ ऐसी ही खासियत यहाँ के प्रसिद्ध रसगुल्ले में भी है। रसगुल्ले को यहाँ के लोग 'एटम बम' के नाम से पुकारते हैं। चाशनी सहित एक रसगुल्ला कम-से-कम 250 ग्राम का होता है। यहाँ से हर दिन सैकड़ों मन मिठाई बाहर भेजी जाती है। एक जमाने में बड़हिया कुश्ती, खेती एवं दुधारू गाय पालन के लिए बहुत प्रसिद्ध था। आबादी कम होने के कारण यहाँ के किसान दूध की कीमत कम रखते थे। आसपास के मिठाई दुकानदारों को कम कीमत पर दूध उपलब्ध हो जाता था, जिसके चलते यहाँ रसगुल्ला भी सस्ता होता था, जिसे आसपास के लोग शादी-विवाह, श्राद्ध, भोज और अन्य अवसरों पर यहाँ से डिब्बों में भरकर ले जाते थे। रसगुल्ले की माँग को देखते हुए यहाँ दर्जनों मिठाई की दुकानें खुल गई हैं। इधर से गुजरनेवाले लोग यहाँ का रसगुल्ला अवश्य खाते हैं। बड़हिया में रसगुल्ला कब से बनना शुरू हुआ ? इस सवाल पर स्थानीय लोग बताते हैं कि वर्ष 1960 में लंगड़ साव ने रसगुल्ला बनाना शुरू किया था। उस वक्त रसगुल्ले की कीमत महज चार रुपए प्रति किलो होती थी। फलस्वरूप रसगुल्ले की मिठास ने लोगों को आकर्षित किया और धीरे-धीरे उसकी माँग बढ़ती गई। उसके बाद तो रसगुल्ला बनाने के लिए कई दुकानें खुल गईं। पर्व-त्योहारों में रसगुल्ले की माँग बढ़ जाती है। अब तो यहाँ रसगुल्ला निर्माण कुटीर उद्योग का रूप ले चुका है। आज भी यहाँ रसगुल्ले 200 से 300 रुपए प्रति किलो की दर पर मिल जाते हैं, जिसके कारण यहाँ के रसगुल्ले पटना, नवादा, शेखपुरा, जमुई, भागलपुर, मुजफ्फरपुर, गया, देवघर, राँची, बनारस, लखनऊ आदि शहरों तक जाने लगे।

□

निश्चलगंज का पेड़ा

बिहार शरीफ से एकंगरसराय और परवलपुर के एनएच-110 पर छोटा सा गाँव है निश्चलगंज। इस रास्ते से बस से सफर करनेवाले को दूर से ही 'पेड़ा-पेड़ा' की आवाज जब सुनाई दे तो आप समझिए, निश्चलगंज पहुँच गए। यहाँ का पेड़ा बहुत ही लोकप्रिय है। खोये से बननेवाला यह पेड़ा बहुत ही स्वादिष्ट होता है। निश्चलगंज के पेड़े का इतिहास काफी पुराना है। स्थानीय लोग बताते हैं कि यहाँ लगभग सौ वर्ष पहले से पेड़ा बनता और बिकता आ रहा है। इसकी शुरुआत पुना साह ने की थी। शुरुआती दौर में यहाँ दो दुकानें थीं। आज पेड़े की दो दर्जन से अधिक दुकानें हैं। जहाँ हर दिन लगभग पाँच सौ किलो से अधिक पेड़े की बिक्री होती है। आज पुना साह की पाँचवीं पीढ़ी के लोग इस कारोबार को चला रहे हैं। लोग बताते हैं कि पुना साह के पेड़ों पर मोहर लगी रहती थी। इस पेड़े की विशेषता यह है कि पाँच-पाँच किलो का एक पेड़ा भी बनता है। इसके अलावा एक और दो किलो का पेड़ा तैयार होता है और सबसे छोटा पेड़ा 50 ग्राम का होता है, लेकिन इस वजनी पेड़े का स्वाद भी अनोखा है। राकेश बताते हैं कि यहाँ का पेड़ा गाय और भैंस के दूध से तैयार होता है। इसे बनाने के लिए खोये व बूरे का इस्तेमाल होता है। दानेदार खोया का भी प्रयोग होता है। पेड़ा बनाते समय खोये को अधिक देर तक भूना जाता है, जब तक कि इसका रंग भूरा न हो जाए। खोये को भूनने के दौरान बीच-बीच में थोड़ा-थोड़ा दूध या घी डालते रहते हैं।

पहले पेड़ा लकड़ी और गोइठा की आँच पर तैयार होता था। इसके बाद कोयला, फिर गैस पर तैयार होने लगा। इसके बाद इसके सोंधेपन में कमी आती गई। खोया, बूरा और चीनी मिलाने के लिए पहले लकड़ी की छोलनी का प्रयोग किया जाता था, लेकिन अब लोहे की छोलनी का प्रयोग किया जाता है। यह पेड़ा दानेदार और सोंधापन लिये होता है। यही कारण है कि जो एक बार इसका स्वाद चख लेता है, वो बार-बार इसका स्वाद लेना चाहता है।

□

बीरंज

मगध अंचल के मुख्य रूप से गया, जहानाबाद और अरवल के ग्रामीण इलाकों में शादी-विवाह समारोह में विशेष रूप से बननेवाले व्यंजनों में से एक है, बीरंज। यह व्यंजन हिंदू समाज के एक खास वर्ग के यहाँ शुभ विवाह के मौके पर बनता है। इस व्यंजन को बनानेवाले व्यक्ति भी उसी वर्ग विशेष के होते हैं। इसे तैयार करनेवाले व्यक्ति उपवास में रहते हैं। इसे बनाने में चावल, मसाले, काजू, किशमिश, पिस्ता, मखाने सहित अन्य प्रकार के मेवों का उपयोग होता है और जितनी मात्रा में चावल होता है, उतनी ही मात्रा में मेवा भी होता है और यह शुद्ध घी में बनता है। बनने के दौरान यह हलकी लालिमा रंग का हो जाता है। इसमें कृत्रिम रंग नहीं डाला जाता, बल्कि इसमें पड़नेवाले मेवों के कारण इस पर रंग चढ़ जाता है। इसे तैयार करने में लगभग दस घंटे तक का वक्त लगता है। इसे बनानेवाले व्यक्ति पूरी शुद्धता का खयाल रखते हैं। इन्हें 'पैर पूजी' में नए वस्त्र भेंट किए जाते हैं। धीरे-धीरे यह विशिष्ट व्यंजन परंपराओं से दूर होता जा रहा है।

□

ढकनेसर

बिहार के व्यंजनों में ढकनेसर भी शुमार है। इसे 'चावल का पुआ' भी कहते हैं। इसे गाँव-कस्बों में लोग बड़े चाव से खाते हैं, विशेषकर गया, भागलपुर, जहानाबाद, पूर्णिया, कटिहार आदि इलाके में यह बनता है। इसे सर्दी के मौसम में बनाया जाता है। पूर्णिया इलाकों में इसे 'भक्का' के नाम से जाना जाता है। यह कोसी-सीमांचल सहित पूर्वी नेपाल में भी प्रसिद्ध है। ढकनेसर बिल्कुल इडली की तरह दिखता है। इसे बनाने के लिए सबसे पहले चावल को रात भर पानी में रखने के बाद सुबह में उसे पीसकर उसका घोल तैयार किया जाता है। चावल के घोल को मिट्टी के बरतन में पुए के आकार में ढालकर उसे धीमी आँच पर ढककर पकाया जाता है। पूरी तरह से पकने के बाद बरतन से अलग निकालकर रख दिया जाता है। इसके बाद दूध में चीनी या गुड़ के मिश्रण में मिलाकर इसे परोसा जाता है। धनिए की चटनी के साथ खाने में ढकनेसर का स्वाद बढ़ जाता है। यह खाने में बड़ा स्वादिष्ट लगता है। मिट्टी के बरतन में बनाने के कारण इसे 'ढकनेसर' कहा जाता है।

□

अनरसा

विष्णु नगरी गया का तिलकुट तो देश-विदेश में मशहूर है। उसी तरह गया का अनरसा भी प्रसिद्ध और लोकप्रिय है। यह बरसात का खास मीठा व्यंजन है। ग्रामीण इलाके में इसे 'बरसाती मिठाई' कहकर पुकारते हैं। चावल के आटे से बननेवाले अनरसा को बरसात के मौसम में काफी पसंद किया जाता है। यही कारण है कि बरसात शुरू होते ही बाजार में इसकी बिक्री शुरू हो जाती है और इस मिठाई की माँग बढ़ जाती है। अनरसा चावल के आटे, सफेद तिल और चीनी से तैयार किया जाता है, लेकिन मूल रूप से यह गुड़ की मिठाई है। कालांतर में गया के घरों में महिलाओं द्वारा हरतालिका (तीज) के मौके पर तैयार किया जानेवाला अनरसा अब सूबे की परंपरागत मिठाइयों में शुमार हो गया है।

अनरसा की खासियत यह है कि यह जल्दी खराब नहीं होता है। इसे एक सप्ताह से दस दिनों तक सुरक्षित रखा जा सकता है। इसमें मिलावट की गुंजाइश बहुत कम होती है। अनरसा की सौंधी खुशबू और मिठास किसी को भी अपनी ओर खींच लेती है, जिसने एक बार इसका स्वाद चख लिया, तो समझिए वह इसका दीवाना हो गया!

अनरसा दो तरह के बनाए जाते हैं। एक गोल-गोल, तो दूसरे चपटे आकार में। गोल अनरसा खाते वक्त कुरकुरे के साथ-साथ अंदर से मुलायम होता है, जबकि चपटा अनरसा कड़ा होता है। जब इनमें खोया मिला दिया जाता है, तब इसे 'खोया अनरसा' कहते हैं। यह सामान्य अनरसों की तुलना में मुलायम और स्वादिष्ट होता है। खोये और बिना खोयेवाले अनरसा की कीमत में अंतर होता है। अनरसा को अन्य मिठाइयों की अपेक्षा शुद्ध माना जाता है, इसलिए तीज में इसकी माँग अधिक होती है। शास्त्रों के अनुसार, इससे जुड़ी एक मान्यता भी है। मान्यता के अनुसार, माँ पार्वती ने भोले शंकर को पाने के लिए पूजा-अर्चना की थी। पूजा के दौरान पार्वतीजी ने प्रसाद के रूप में अनरसा शिव को अर्पित किया था। इससे प्रेरित होकर तीज के अवसर पर अपनी पुत्रियों के ससुराल मिष्टान्न के रूप में अनरसा, परिधान और श्रृंगार के सामान संदेश के रूप में भेजने की परंपरा सदियों से चली आ रही है।

पटना संग्रहालय के सामने लगभग आधा दर्जन खाजा की दुकानें हैं, जहाँ अनरसा भी बिकता है। दुकानदारों की मानें तो अनरसा की माँग विदेशों तक है। अनरसा बनाने के लिए सबसे पहले चावल को तीन दिनों तक पानी में फूलने के लिए रख दें। इस दौरान हर दिन एक बार पानी को बदल दें। तीन दिन बाद चावल को छानकर उसे साफ कपड़े पर लगभग दो घंटे तक छाया में सूखने के लिए फैला दें। ध्यान रहे कि चावल मुलायम हो। इसके बाद चावल को थोड़ा मोटा पीस लें, फिर एक बड़े बरतन में पिसे हुए चावल और चीनी को अच्छी तरह से मिला लें। अगर खोयेवाला बनाना है तो उसमें खोया मिला लें। थोड़ा-थोड़ा दूध डालकर सख्त आटा गूँथकर लगभग आठ-दस घंटे के लिए ढककर छोड़ दें। इसके बाद आटे की छोटी-छोटी गोली बना लें और उसे सफेद तिल में लपेट लें। कड़ाही में घी या रिफाइंड को गरम करें। उसमें उसे बारी-बारी से डालकर मध्यम आँच पर तब तक तलें, जब तक कि वह भूरा न हो जाए।

□

खीर मोहन

चाहे शादी समारोह या पूजा-पाठ हो या फिर पार्टी हो, बिना मिठाई इनकी परिकल्पना तक नहीं की जा सकती। मिष्टान्न उत्सवों की शान है। हाँ, उन्हीं मिष्टान्नों में एक मिष्टान्न है खीर मोहन। यह मिष्टान्न सिवान जिले के कैलगढ़ बाजार की मशहूर मिठाई है, जो सीवान, गोपालगंज और सारण ही नहीं, पूरे बिहार में मशहूर है। वैसे तो कैलगढ़ बाजार की छह मिठाई की दुकानों में खीर मोहन बनाई जाती है, लेकिन जिले की इस मशहूर मिठाई को बनाने की शुरुआत स्व. लक्ष्मी साह ने आजादी के पाँच वर्ष बाद यानी 1952 में की थी। अब लक्ष्मी साह तो नहीं हैं, लेकिन उनके पोते परमात्मा साह इस पुश्तैनी विरासत को सँभाले हुए हैं। श्री लक्ष्मी मिष्टान्न भंडार कैलगढ़ के संचालक परमात्मा साह बताते हैं कि उनके दादा स्व. लक्ष्मी साह ने खीर मोहन की कला असम में रहकर सीखी थी तथा फिर 1952 में अपनी मिठाई की दुकान में खीर मोहन बनाना शुरू किया था। छेना व चीनी से बननेवाली इस मिठाई की चर्चा सीवान व गोपालगंज जिले के विभिन्न इलाकों में होने लगी और देखते-देखते इसके कद्रदानों की संख्या बढ़ती चली गई। अब स्थिति यह है कि शादी-विवाह के सीजन में पाँच-छह क्विंटल खीर मोहन की खपत हो जाती है। कैलगढ़ बाजार में परमात्मा साह, अनिल साह, पशुपति साह, केदार साह सहित छह लोग अपनी मिष्टान्न दुकान में खीर मोहन बनाते व बेचते हैं। वहीं खीर मोहन की एक दुकान ज्ञानी मोड़ पर भी है। खीर मोहन की विशेषता बताते हुए दुकानदार परमात्मा साह ने बताया कि केवल छेना व चीनी से बननेवाली यह खीर मोहन 15 से 20 दिनों तक खराब नहीं होती है। साह कहते हैं कि इसमें घी या तेल का प्रयोग नहीं किया जाता है।

□

पकरीबरावाँ की बरा मिठाई

नवादा के पकरीबरावाँ प्रखंड में मिलनेवाली मिठाई बरा की प्रसिद्धि बिहार के साथ ही देश के विभिन्न प्रदेशों तक है। इस मिठाई के साथ पकरीबरावाँ का नाम कुछ इस कदर जुड़ा है कि लोग मशहूर बरा के नाम पर इस कस्बे का नाम रखे जाने की बात बताते हैं। इस बाजार से गुजरनेवाले पर्यटक हों या आम आदमी, इस मिठाई का स्वाद चखना नहीं भूलते। पकरीबरावाँ की अनोखी मिठाई बरा का अपना अतीत रहा है। लोग बताते हैं कि आजादी से पूर्व दुल्लीचंद नामक कारोबारी द्वारा इस मिठाई का निर्माण शुरू किया गया था। स्वादिष्ट व खस्ता होने के कारण इसकी लोकप्रियता बढ़नी शुरू हो गई। उस समय इस मिठाई पर अगर एक रुपए का सिक्का गिरा दिया जाता था तो वह मिठाई टूटकर बिखर जाती थी। इसकी पुष्टि उन्हीं के परिवार की पीढ़ी के रवि शंकर पप्पू करते हैं। अभी भी दुल्लीचंद के कई परिवार इस व्यवसाय को जीवंत रखे हुए हैं। इसके अलावा दर्जनों दुकानें हैं। सन् 1961 में देश के प्रथम राष्ट्रपति डॉ. राजेंद्र प्रसाद ने सेखोदेवरा आश्रम जाने के क्रम में यहाँ ठहरकर दुल्लीचंद के द्वारा बनाई जानेवाली बरा मिठाई का स्वाद चखा था और इस

मिठाई की तारीफ की थी। अब्दुल गफ्फार खान तथा लोकनायक जयप्रकाश नारायण सहित कई महान् विभूतियों ने इसका स्वाद लिया था। बरा की दुकान 'रसमहल' के मालिक रविशंकर पप्पू ने बताया कि कुछ साल पहले तक इसे शुद्ध घी में बनाया जाता था, लेकिन महँगाई के कारण अब यह मिठाई रिफाइंड से बनाई जाती है। फिर भी यह मिठाई अन्य मिठाइयों से स्वादिष्ट और सस्ती है। बरा की यह मिठाई भारत के कई शहरों में लगनेवाले मेले की प्रदर्शनी में भी जाती रही है। चाहे वह सोनपुर मेला हो या राजगीर महोत्सव या फूड मेला, जहाँ इसकी अलग पहचान रही है। सूबे के तत्कालीन मुख्यमंत्री स्व. डॉ. जगन्नाथ मिश्र के समय में पटना में मिठाई की एक प्रदर्शनी लगाई गई थी, जिसमें सूबे की सभी प्रकार की पारंपरिक मिठाई के दर्जनों स्टॉल लगाए गए थे। मैदे से बनी इस बरा मिठाई को बिहार का प्रथम पुरस्कार मुख्यमंत्री द्वारा प्रदान किया गया था। बरा मिठाई के मशहूर व्यवसायी अर्जुन प्रसाद गुप्ता बताते हैं कि कभी बरा मिठाई लोगों के लिए संदेश बनकर जाया करती थी। आज भी कई परिवारों के रिश्तेदार बरा मिठाई को मँगाते हैं।

□

थावे की पड़किया

गोपालगंज जिले में आनेवाले खास से लेकर आम लोग दो काम करना कभी नहीं भूलते। जिला मुख्यालय से तीन किलोमीटर दूर स्थित ऐतिहासिक थावे दुर्गा मंदिर पहुँचकर माँ थावे भवानी के दर्शन और पूजा-अर्चना करने के बाद पड़किया खरीदना नहीं भूलते। अपने विशिष्ट स्वाद के लिए जानी जानेवाली थावे की पड़किया देश-विदेश में बिहार की आस्था की मिठास घोल रही है। दिल्ली से लेकर खाड़ी देशों में भी थावे की पड़किया की विशेष माँग है। थावे गोलंबर पर पहुँचते ही सबसे पहले निगाह सड़क किनारे 'गौरीशंकर की पड़किया' नाम से लाइन से खुली पड़किया की दुकानों पर पड़ती है। दुकानदारों ने बताया कि स्व. गौरीशंकर साह के चार भाई थे। सबसे बड़े गौरीशंकर साह, जटाशंकर साह, शिवशंकर साह और विश्वनाथ साह थे। इन चार भाई के परिवार में लगभग सौ सदस्य हैं। पड़किया बनाने का काम 1947 से किया जा रहा है। पड़किया शुद्ध खोये और घी से बनाई जाती है। पड़किया में अन्य कोई सामग्री नहीं मिलाई जाती है। आप जब भी था[illegible] पड़किया अवश्य खाएँ।

□

मजिस्ट्रेट मिठाई

आपका उस मिठाई से परिचय करा रहे हैं, जिसकी खुशबू और लोकप्रियता बक्सर ही नहीं, देश के विभिन्न शहरों तक पहुँच चुकी है। चौसा प्रखंड के सरेंजा गाँव में 'मजिस्ट्रेट मिठाई' बनती और बिकती है। इसका इतिहास 50 साल से अधिक पुराना है। तब यह केवल गाँव में बिकती थी। फिर यह बक्सर-कोचस मुख्य मार्ग पर आई और धीरे-धीरे लोगों की जुबान पर चढ़ती गई। इसकी चर्चा का कारण केवल स्वाद नहीं, नाम भी है। शायद ही आपको कहीं 'मजिस्ट्रेट' नाम की मिठाई खाने को मिले! यह अपने नाम व स्वाद की वजह से प्रसिद्ध है। सरेंजा गाँव की दुकानों में इसे बनाया जाता है। इसका श्रेय राजेश्वर और घुरली को है। अब उनकी दूसरी पीढ़ी इस परंपरा को आगे कायम रखे हुए है। 'मजिस्ट्रेट मिठाई' दूध से बनती है। दुकानदार गोरख कुमार बताते हैं कि एक लीटर दूध को जलाने पर 250 ग्राम मिठाई तैयार होती है। यह शुद्ध होती है। इसलिए एक सप्ताह तक खराब नहीं होती। इसका उपयोग पर्व-त्योहार में भी होता है। इस रास्ते से गुजरनेवाले लोग भी इसका स्वाद लेना नहीं भूलते। गोरख की मानें तो राजेश्वर प्रसाद ने इसकी शुरुआत की थी। बहुत महँगी नहीं होने के कारण आसानी से बिक जाती है।

□

उदवंतनगर का खुरमा

भोजपुर जिला मुख्यालय आरा से लगभग 12 किलोमीटर दूर बसा गाँव उदवंतनगर का खुरमा जो एक बार खा लेता है, वह इसके स्वाद को कभी नहीं भूलता। केवल छेना और चीनी से बननेवाली यह मिठाई उदवंतनगर और शाहाबाद क्षेत्र के अलावा बिहार में कहीं और नहीं मिलती। दिखने में खुरमा बिल्कुल अनगढ़ की तरह दिखता है, लेकिन काफी स्वादिष्ट होता है। शादी–ब्याह और पर्व–त्योहार के मौके पर इस मिठाई की माँग चार गुना तक बढ़ जाती है। खुरमे की खासियत यह है कि यह ऊपर से देखने में तो बिल्कुल गाढ़े भूरे रंग का दिखता है, लेकिन अंदर से बिल्कुल रसगुल्ले की तरह मुलायम और सफेद होता है। कारीगर बताते हैं कि शुद्ध दूध के छेना से यह मिठाई बनाई जाती है। छेने को चौकोर या तिकोना साइज देकर तथा इसे हलका तलकर अंतिम रूप दिया जाता है और चीनी की चाशनी में थोड़ी देर डुबोने के बाद निकाल लिया जाता है। संतोष बताते हैं कि यह मिठाई आरा, रोहतास और बक्सर के अलावा और कहीं नहीं मिलती। इस मिठाई की प्रसिद्धि बिहार के साथ ही देश के अन्य शहरों में भी है। अगर आपने अभी तक इस मिठाई को नहीं चखा तो आप एक स्वादिष्ट व्यंजन से वंचित हैं।

□

पिट्ठा

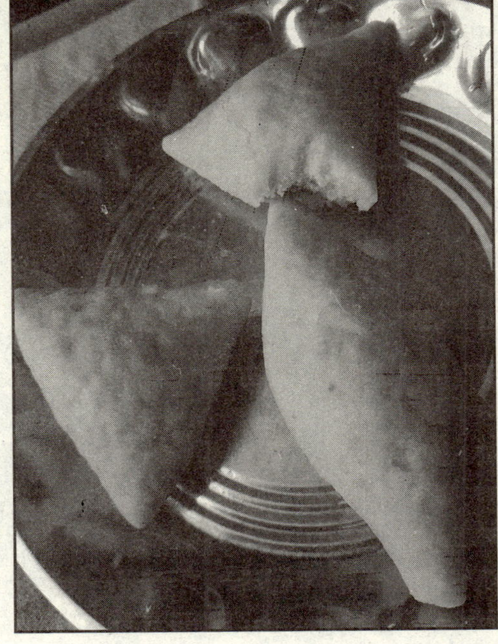

बिहार का पिट्ठा भी काफी मशहूर है। यह एक अनूठा व्यंजन है, जिसे चावल के आटे और दाल के पेस्ट से बनाया जाता है। 'पिट्ठा' शब्द के जन्म की कहानी बेहद दिलचस्प है। दरअसल, पिसा हुआ पदार्थ संस्कृत में 'पिष्ट' कहलाता है और पिसे हुए आटे को पानी या दूध में गूँथकर गोल या चपटे आकार के उबले या तले खाद्य पदार्थ को पिष्टक की संज्ञा दी जाती है। यह 'पिट्ठा' इसी पिष्टक का अपभ्रंश है। इसे असम में 'मोहुरा' तो बिहार, झारखंड और उत्तर प्रदेश में 'पिट्ठा' कहते हैं।

पिट्ठा नई फसल का पकवान है। ऐसा पकवान, जो हर घर में पौष या पूस का महीना आते ही जरूर बनता है। पूस का महीना आते ही बिहार के लगभग हर घर में पिट्ठा के बनने की तैयारी शुरू हो जाती है। जब धान की नई फसल खेतों से घर आती है तो पहले चूड़ा बनता है, फिर धान कूटकर चावल तैयार होते ही महिलाएँ पिट्ठा बनाने की तैयारी में जुट जाती हैं। पिट्ठा बनाने में चावल के आटे का प्रयोग होता है। पिट्ठा कई तरह से बनता है, नमकीन और मीठा भी। नमकीन पिट्ठा खाने में बड़े ही स्वादिष्ट लगते हैं। नमकीन पिट्ठा बनाने

के लिए चने की दाल को रात भर पानी में भिगोया जाता है। फिर दाल को बिना पानी मिलाए थोड़ी मोटी दाल पीसी जाती है। दाल में नमक, हल्दी पाउडर, धनिए की पत्तियाँ और गरम मसाला डालकर अच्छी तरह मिलाकर चावल के आटे की लोई के बीच में डालकर पानी में लगभग आधा घंटे तक उबाला जाता है। इसके अलावा, बहुत से लोग पोस्तदाना भी भरकर बनाते हैं। बहुत से इलाके में लोग तीसी में गुड़ मिलाकर भरकर पिट्ठा तैयार करते हैं। नमकीन पिट्ठे में आलू चोखा भी भरते हैं। मीठे पिट्ठे को उबले हुए दूध में उबाला जाता है। गुड़ और बादाम, नारियल का चूरा मिलाकर मिश्रण तैयार किया जाता है। इसके बाद चावल के आटे की लोई के बीच में डालकर पकाया जाता है।

□

तिलकुट

गया के तिलकुट की अपनी एक अलग पहचान है। गया में हाथ से कूटे जानेवाले तिलकुट बिहार ही नहीं, बल्कि देश-विदेश में भी प्रसिद्ध हैं। गया में बननेवाले तिलकुट के स्वाद और लोकप्रियता का अंदाजा इसी से लगाया जा सकता है कि देश-विदेश के बौद्ध श्रद्धालु यहाँ से तिलकुट ले जाना नहीं भूलते। गया आने-जानेवाले लोग यहाँ के तिलकुट का स्वाद जरूर चखते हैं और दूर-दराज के रिश्तेदारों के लिए भी ले जाते हैं। गया में बने तिलकुट झारखंड, उत्तर प्रदेश, पश्चिम बंगाल, दिल्ली, महाराष्ट्र सहित पाकिस्तान, बांग्लादेश जैसे देशों में भेजे जाते हैं।

तिल से बने मिष्टान्न जैसे खाद्य पदार्थ का उल्लेख प्राचीन भारतीय धर्म साहित्य ऋग्वेद में भी मिलता है, जिसे 'मुस्सनल' या 'पस्संल' कहा गया है। वहीं बौद्ध ग्रंथों में 'पलाला' नाम से वर्णित किया गया है। गुड़ के साथ तिल से बनी मिठाई का उल्लेख 'राजतरंगिणी' में भी हुआ है। विशेषकर मुगलकाल में राजा मानसिंह के गया प्रवास के दौरान यहाँ तिलकुट का बाजार विद्यमान था, जिसकी पुष्टि उस समय के उपलब्ध विवरणों से होती है। ब्रिटिश काल में गुड़ का स्थान चीनी ने लिया। कारीगर रमेश प्रसाद के अनुसार, तिल और चीनी से तिलकुट का निर्माण किया जाता है। इसके लिए एक निश्चित मात्रा में तिल और चीनी या गुड़ के मिश्रण को कोयले की धीमी आँच पर भूना

जाता है और निश्चित समय तक उसे कूटा जाता है, जिसके बाद लजीज और जायकेदार खस्ता तिलकुट खाने के लिए तैयार हो जाता है। मिश्रण और कूटने की प्रक्रिया में थोड़ी सी भी गड़बड़ी होती है तो स्वाद बिगड़ने का डर रहता है। तिलकुट को सौंधा बनाने के लिए कोयले के चूल्हे पर तिल को अच्छी तरह पकाया जाता है। गया में चीनी के अलावा गुड़ और खोए का भी तिलकुट बनाया जाता है। हिंदू धर्म की मान्यता के अनुसार, मकर संक्रांति के दिन 14 जनवरी को तिल की वस्तु दान देने और तिल खाने से पुण्य की प्राप्ति होती है। इसी मान्यता को लेकर धर्म नगरी गया में लगभग डेढ़ सौ साल पूर्व तिलकुट बनाने का कार्य प्रारंभ हुआ था। तिलकुट कारोबारी लालजी प्रसाद के अनुसार, इसकी शुरुआत गोपी साव ने की थी। उसके बाद उनके वंशज आज तक इस पारंपरिक तिलकुट व्यवसाय को करते आ रहे हैं। रमना रोड मोहल्ले से पहले-पहल तिलकुट निर्माण कार्य शुरू हुआ। वैसे अब टेकारी रोड, कोयरीबारी, स्टेशन रोड सहित कई इलाकों में कारीगर हाथ से कूटकर तिलकुट का निर्माण करते हैं, लेकिन रमना रोड के कारीगरों द्वारा बने तिलकुट आज भी बेहद लजीज होते हैं। टिकारी और डंगरा में केवल गुड़ का तिलकुट तैयार किया जाता है। इस व्यवसाय से जुड़े बुजुर्गों ने बताया कि पहले तिल को फल्गु नदी के जल में गठरी बाँधकर भिगोया जाता था। उसके बाद छिलके उतारे जाते थे। फिर गुड़ की गरम चाशनी को दूध या पान का पत्ता डालकर साफ किया जाता था। ठंडा होने के बाद उसमें तिल डालकर लोई बनाई जाती थी। इसके बाद सिलबट्टे पर कूटकर तिलकुट तैयार किया जाता था। आज भी यही पारंपरिक विधि अपनाई जाती है। तिलकुट की तासीर गरम होती है। यह आयुर्वेदिक दवा का भी काम करता है और इसे खाने से पाचन क्रिया भी बढ़ती है। तिलकुट निर्माण के लिए गया की जलवायु को उपयुक्त माना जाता है और संभवत: इसी कारण अन्य जगहों के मुकाबले यहाँ का स्वाद अनोखा होता है।

□

करुआ मोड़ का पेड़ा

करुआ मोड़ के पेड़े की अपनी अलग पहचान है। बिहार ही नहीं, देश के कई हिस्सों के अलावा नेपाल में भी यहाँ के पेड़ों की माँग है। अब धमारा घाट, महेशखुंट और मानसी सहित अन्य जगहों पर पेड़े की दुकानें खुल चुकी हैं। खास बात यह है कि जो भी यहाँ से आते-जाते हैं, यहाँ के पेड़े का स्वाद चखना नहीं भूलते हैं। एनएच-107 पर स्थित करुआ मोड़ चौक में पेड़े का कारोबार लगभग 40 सालों से हो रहा है। करुआ मोड़ पर ही दर्जनों पेड़े की दुकानें हैं। प्रतिदिन पाँच हजार लीटर से अधिक दूध का पेड़ा करुआ मोड़ पर बनता है। एक क्विंटल दूध में लगभग 25 किलो पेड़ा बन जाता है। करुआ मोड़ पेड़े की प्रसिद्धि का श्रेय पिपरा बाजार के निवासी शंकर साह को जाता है। लगभग पाँच दशक पूर्व स्व. शंकर साह करुआ मोड़ पर छोटी सी चाय की दुकान चलाते थे, साथ ही पेड़ा बनाकर बेचते थे। यहाँ के पेड़े की प्रसिद्धि के पीछे दियारा क्षेत्र की घास से पशुओं के दूध की विशेषता मानी जाती है। यहाँ के लोगों का मुख्य पेशा पशुपालन है। इस कारण यहाँ अधिक मात्रा में दूध उपलब्ध है।

□

रजौली की बालूशाही

रजौली (नवादा) की बालूशाही काफी प्रसिद्ध है। रजौली का भी अपना मिजाज और बालूशाही मिठाई यहाँ की शान है। यहाँ मिठाई की दर्जनों दुकानें हैं, जहाँ बालूशाही मिठाई अवश्य रहती है। इस छोटी सी जगह में लगभग 8 से 10 क्विंटल बालूशाही हर रोज बनती और बिकती है। बालूशाही के लिए छेना दूध, चीनी और थोड़ा सा मैदा मिलाया जाता है। बालूशाही बनाने के लिए सबसे पहले दूध से खोया निकाला जाता है, जिसे मुलायम करने के लिए हथेली पर देर तक गूँथा जाता है। इसके बाद हलकी मात्रा में घी तथा इलायची पाउडर मिलाकर छोटे-छोटे गोले बनाकर चीनी की चाशनी में लगभग एक घंटे तक इसे भूरा होने तक धीमी आँच पर पकाया जाता है। तैयार बालूशाही के ठंडा होने पर चाशनी से बाहर निकालकर रख दिया जाता है। रजौली सीमावर्ती इलाका है। इसके कारण कई राज्यों के सैकड़ों छोटे-बड़े वाहन इस मार्ग से होकर गुजरते हैं। रजौली पहुँचते ही विशेषकर बस यहाँ कुछ देर के लिए रुकती हैं। यहाँ बस रुकने के कारण लोग बालूशाही का स्वाद लेते हैं और अपने घर तथा रिश्तेदारों के यहाँ संदेश के रूप में इसे ले जाते हैं।

□

घेवर

घेवर मूलतः राजस्थान का लोकप्रिय मिष्टान्न है, मगर अब भागलपुर और नवगछिया के लोगों के खानपान का अभिन्न अंग बन चुका है। इस छिद्रनुमा मिठाई का मूल नाम घेवर है, जो अपनी विशिष्ट मिठास के कारण लोकप्रिय है। घेवर सावन का विशेष मिष्टान्न माना जाता है। मधुमक्खी के छत्ते की तरह दिखाई देनेवाला यह एक खस्ता और मीठा पकवान है। इसे अंग्रजी में 'हनी कॉम्ब डेटर्ड' के नाम से जाना जाता है। इसके निर्माण में मैदा, सिंघाड़े का आटा, मीठा सोडा, दूध और हलका केसरिया रंग मिलाया जाता है। इसके बाद मध्यम आँच पर घेवर को पकाने के लिए विशेष प्रकार की गहराईवाली छोटी कड़ाही प्रयोग में लाई जाती है। कड़ाही की चौड़ाई इतनी होती है कि घेवर का घोल डालने से पूर्व दो

कलछुल से रुक–रुककर थोड़ी मात्रा में कड़ाही के बीच घोल डालते ही वह फैलकर किनारे जमा हो जाता है। इस प्रकार लगभग पाँच मिनट तक घोल डालने की प्रक्रिया चलती है, जिसमें एक–दूसरे से जुड़ने के दौरान घेवर में छिद्र बन जाता है। साथ ही इसके मध्य हिस्से में भी छिद्र रखा जाता है, ताकि इसके सहारे घेवर निकाला जा सकता है। जब यह हलका सुनहरा होने लगता है, तब ऊपर घी या रिफाइंड डालकर पूरी तरह पकने का इंतजार करते हैं। लगभग दस मिनट में एक घेवर तैयार हो जाता है। छनने के बाद एक घेवर लगभग 100 से 150 ग्राम हो जाता है, जबकि चाशनी में डालने के बाद घेवर का वजन लगभग दो गुना हो जाता है। नया साल आते ही इसकी माँग के साथ इसका निर्माण भी शुरू हो जाता है, जो मकर संक्रांति के मौके पर पूरे परवान पर रहता है। मकर संक्रांति के मौके पर नवगछिया इलाके में घेवर खाने की विशेष परंपरा है। इस पर्व के मौके पर भाभी की ओर से देवरों को घेवर खिलाने की परंपरा है। घेवर की बिक्री तीज से रक्षाबंधन तक होती है। सावन के महीने के बाद इस घेवर के मिठाई की दुकानों पर दर्शन भी नहीं होते हैं। इस महीने में पड़नेवाले त्योहार तीज और रक्षाबंधन पर इसका चलन है। तीज पर पति अपनी पत्नी के लिए घेवर खरीदकर ले जाते हैं। नवविवाहित युवक ससुराल जाते हैं तो वे घेवर लेकर जाते हैं। इसके बाद रक्षाबंधन पर बहनें अपने भाइयों की कलाई पर राखी बाँधने के बाद घेवर से ही उसका मुँह मीठा कराती हैं। □

पटनिया खुरचन

खुरचन की अपनी एक अलग पहचान और स्वाद है। इसे 'मिठाइयों का सरताज' कहा जाता है। विशेषकर पटनिया खुरचन इतना लाजवाब और स्वादिष्ट होता है कि जिसने भी इसे चख लिया, वह इसका दीवाना हो जाता है। यूँ तो खुरचन साल भर बनता और बिकता है, लेकिन दीपावली से लेकर छठ तक नहीं बनता है। वैसे पटनिया खुरचन अब कई जगह मिलता है, लेकिन पटना सिटी में तैयार खुरचन का कोई मुकाबला नहीं। इस मिठाई की खोज स्व. द्वारिका प्रसाद गुप्ता ने लगभग 85 साल पहले की थी। देखते-देखते पटनिया खुरचन पटना सिटी से निकलकर विदेशों में अपनी पहचान बना चुकी है। खुरचन को खानेवाले आज भी खास ही लोग हैं, वैसे जाड़े में इसकी माँग अधिक रहती है। कहते हैं कि खुरचन की सूबे के बाहर भी सप्लाई होती है। खुरचन बनाने की प्रक्रिया काफी मेहनती और समय लेने वाली है। एक किलो दूध को तीन अलग-अलग कड़ाही में छह-छह कनवा रखकर उसे धीमी आँच पर पकाया जाता है और ज्यों-ज्यों दूध गाढ़ा होता जाता है, उसकी ऊपरी सतह पर जमनेवाली छाली को निकालकर उसकी परत-दर-परत तैयार की जाती है। छाली की परत को उठाकर ट्रे में सजाया जाता है और हर परत के बीच इलायची, पिस्ता, बादाम आदि महीन पीसकर छिड़का जाता है। ऐसा करते रहने से एक मोटी परत आठ-नौ परत में तैयार हो जाती है। मिठाई में चीनी का उपयोग कर इसको बूरे में तब्दील कर दिया जाता है। बूरा बनाने के लिए धीमी आँच पर पहले चीनी को पिघलाया जाता है, फिर इसे ठंडा कर छननी से छान लिया जाता है। जब छनी हुई पापड़ी से ट्रे ऊपर की सतह तक भर जाती है, तब इस पर बादाम, पिस्ता और चाँदी के वर्क से इसे सजाया जाता है। इसके बाद इसे काट-काटकर बेचा जाता है। एक किलो खुरचन तैयार करने में लगभग चार से पाँच घंटे का वक्त लगता है।

□

गुड़ही लड्डू (शंकर लड्डू)

बक्सर जिला मुख्यालय से लगभग 33 किलोमीटर पूर्व में एनएच-84 और रघुनाथपुर रेलवे स्टेशन के बीच ब्रह्मपुर में एक विशाल और ऐतिहासिक शिव मंदिर है। 'बाबा ब्रह्मेश्वर नाथ धाम', ब्रह्मपुर के नाम से यह राज्य व देश में प्रसिद्ध है। यहाँ का भोले शंकर के नाम पर बना गुड़ का 'शंकर लड्डू' काफी प्रसिद्ध है, जो भी शिवभक्त पूजा-दर्शन करने यहाँ आते हैं, वे प्रसाद के रूप में गुड़ से बना शंकर लड्डू अवश्य खरीदते हैं और अपने घर ले जाते हैं। गुड़ से शंकर लड्डू बनाने में शुद्ध सामग्रियों का होना आवश्यक है। शुद्ध चने के बेसन से बनी बूँदी को गुड़ की चाशनी में डालकर तैयार किया जाता है। शंकर लड्डू बनाने में कारीगर को गुड़ की चाशनी (पाग) की परख होनी चाहिए, तभी शंकर लड्डू स्वादिष्ट बनता है। गुड़ का शंकर लड्डू बनाने के लिए बहुत पहले मांडला (मध्य प्रदेश) से गुड़ मँगवाया जाता था। बाद के सालों में देसी गुड़ का प्रयोग होने लगा। अब तो मेरठ तथा हरियाणा से आए गुड़ से भी शंकर लड्डू बनने लगा है। गुड़ से बना शंकर लड्डू ब्रह्मपुर में वर्ष 1920-22 के करीब स्व. भूखन साह ने शुरू किया। शंकर लड्डू हाथ से ही बढ़िया गोलाकार बनता है, जो शिव मंदिर के सामने झोंपड़ी लगाकर बेचा जाता था। वर्तमान में शंकर लड्डू बेचनेवाली दो दर्जन से अधिक दुकानें खुल गई हैं, लेकिन सबसे बेहतरीन भूखन साह की मिठाई दुकान का शंकर लड्डू होता है। स्व. भूखन साह के पुत्र शिवदास 74 वर्ष में भी बखूबी शंकर लड्डू बनाने का दायित्व सँभाल रहे हैं। उनके अनुसार, मांडला के गुड़ का स्वाद बेहतर होता है। मांडला के गुड़ से बना शंकर लड्डू खाने में काफी स्वादिष्ट होता है, जो बाद में देसी गुड़ से बनने लगा। लडडू को अधिक स्वादिष्ट बनाने के लिए सौंफ डाली जाती है। आज उनकी चौथी पीढ़ी भी गुड़ का लड्डू बनाने का काम बखूबी निभा रही है। जब कभी अंग्रेज अधिकारी ब्रह्मपुर आते और डाकबँगला में ठहरते थे, तब गुड़ का लड्डू मँगाकर जरूर खाते और तारीफ भी करते थे। ब्रह्मपुर इलाके के सैकड़ों लोग विदेशों में रहते हैं, जो वतन वापस आते और जाते समय यहाँ से गुड़ का लड्डू जरूर अपने साथ

ले जाते हैं। देव कुमार ने बताया कि पहले इस इलाके में ईख की खेती बड़े पैमाने पर होती थी। इसके कारण गुड़ तैयार होता था। रेवा गुड़ से लड्डू तैयार किया जाता था, लेकिन अब इस इलाके में ईख की खेती बंद हो गई है। उन्होंने बताया कि कुछ साल पहले तक केवल देशी घी में छना बुंदियाँ तैयार होता था, लेकिन अब रिफाइंड में बुंदियाँ छाना जाता है। देशी घी वाला लड्डू केवल ऑर्डर पर तैयार किया जाता है। बलिया में यहाँ के लड्डू की माँग सबसे अधिक है। इसके अलावा गरमी में इस लड्डू की माँग बढ़ जाती है। वैशाख और फाल्गुन में महाशिवरात्रि के मौके पर तो दस टन से अधिक लड्डू की बिक्री होती है।

□

सिंघाड़ा मिठाई

छपरा की सबसे प्रसिद्ध मिठाइयों में सबसे प्राचीन, स्वादिष्ट और सेहतमंद मिठाई है सिंघाड़ा मिठाई। इसे दूध के खोये से बिना घी और रिफाइंड के बनाया जाता है। इसके लिए दो प्रकार का खोये बनाया जाता है। पहले थोड़ा मुलायम खोया अलग कर संतुलित मात्रा में चीनी एवं छोटी इलायची का पाउडर डालकर अच्छी तरह से पकाकर अलग रख लिया जाता है। फिर शेष खोये को थोड़ी कम चीनी में डालकर आग पर तब तक पकाते हैं, जब तक खोया थोड़ा कड़ा न हो जाए। फिर कड़े खोये की छोटी-छोटी लोई बनाकर उसे बेलकर तथा सिंघाड़े की तरह की आकृति देकर मुलायमवाला खोया इसमें भर दिया जाता है। इस प्रकार यह मिठाई बनाई जाती है।

□

कसार

कसार सारण क्षेत्र की एक अंति महत्त्वपूर्ण पारंपरिक मिठाई है, जोकि इस क्षेत्र में होनेवाली बेटियों की शादी एवं द्विरागमन में अनिवार्य रूप से दुलहन के साथ संदेश के रूप में भेजी जाती है। यह चावल के आटे को घी में अच्छी तरह भूनकर उसमें चीनी का गरम पाग एवं ड्राइ फ्रूट के छोटे-छोटे टुकड़ों के साथ छोटी इलायची का पाउडर मिलाकर छोटी-छोटी गेंद की तरह दोनों हाथों से गोल आकृति में बनाई जाती है। इस क्षेत्र में प्रथानुसार पाँच बड़े-बड़े आकार के कसार बनाए जाते हैं। इन पाँचों में अपने-अपने सामर्थ्यानुसार सोने-चाँदी या सामान्य सिक्कों को बाँधने से पूर्व बीच में रख दिया जाता है, जिसे वर पक्ष की सबसे बुजुर्ग महिला द्वारा फोड़ा जाना शुभ एवं दोनों पक्ष के लिए मंगलकारी माना जाता है।

□

चंपारण के पारंपरिक भोजन

चंपारण के लजीज व्यंजनों को जानना हो तो शादी-विवाह या जनेऊ जैसे पारंपरिक पारिवारिक तथा सामाजिक अवसरों पर पधारें। न जाने कितनी पीढ़ियों की मेहनत, महत्त्वपूर्ण समय, मसालों और भोज्य पदार्थों का ज्ञान और सबसे बढ़कर इन पीढ़ियों का समर्पण छिपा हुआ है। इन पारंपरिक व्यंजनों के इतिहास में मसालों की खुशबू से तैयार सब्जियों के रंग, ऊपर से छलकता हुआ घी, जो आपके दिलो-दिमाग और मन को सम्मोहित कर लेते हैं। आज भी संयुक्त रूप से रह रहे परिवारों की रसोइयों में आप इन विशिष्ट व्यंजनों को बनते हुए देख सकते हैं। आइए, ऐसे ही चंपारण के कुछ पारंपरिक व्यंजनों से रूबरू होते हैं—

कोहरौड़ी : पहले उड़द दाल और कद्दूकस किए हुए बथुए को कुछ मिनटों तक हाथों से मिलाया जाता है। अच्छी तरह से मिलाने के लिए मुख्यतः लकड़ी या पीतल के बरतन का प्रयोग किया जाता है। पूरी तरह मिल जाने के बाद मिश्रण में कुटा हुआ अदरक, हींग, जीरा, धनिया, लाल मिर्च का पाउडर, पिसी हुई मेथी, हलकी खड़ी भूनी हुई सौंफ तथा अजवाइन, बड़ी और छोटी इलायची, दाल चीनी पाउडर को मसाले के तौर पर डाला जाता है। फिर तैयार मिश्रण को छोटे-छोटे भागों में चादर के ऊपर पारा (रखा) जाता है और तीन से चार दिनों तक धूप में सुखाया जाता है। शादी या जनेऊ के

शुभ अवसर पर, खासतौर पर हल्दी पूजा के दिन भोज पर मेहमानों और परिवार के लोगों को प्रसन्न करने के लिए इस मसालेदार कोहरौड़ी को बैंगन के साथ बनाया जाता है।

खरोड़ा : बेसन से बननेवाली इस सब्जी को अकसर पारंपरिक मौकों पर देखा जा सकता है। चाहे शादी का मौका हो या फिर जनेऊ का, इसे भोज में अवश्य परोसा जाता है। इसे तैयार करने के लिए पहले गरम पानी में बेसन, लाल मिर्च पाउडर, लहसुन, हल्दी एवं नमक डालकर मिश्रण को तब तक पकाया जाता है, जब तक कि मिश्रण गाढ़ा न हो जाए। फिर किसी बड़ी थाली पर सरसों का तेल लगाया जाता है और उसके बाद मिश्रण को उस थाली में फैला दिया जाता है और ठंडा होने के लिए छोड़ दिया जाता है। जब मिश्रण ठंडा हो जाता है तो फिर उसे तेल में तला जाता है। उसमें मेथी का फोरन डाला जाता है। इसके बाद पिसी हुई सरसों, लहसुन, लाल मिर्च पाउडर और कटे हुए टमाटर डालकर उसे पकाया जाता है। जब मसाला पक जाता है तो उसमें पानी डालकर खौलाया जाता है। फिर अंत में पाँच मिनट के लिए पकाया जाता है।

राम शालन : यह चंपारण का एक और पारंपरिक जायका है। शादी या जनेऊ के मुख्य उत्सव के पहले हल्दी पूजा के दिन निश्चित तौर पर इस लजीज जायकेदार सब्जी को लोगों को भोज के दौरान परोसा जाता है। इसके लिए सबसे पहले बेसन में सरसों तेल का मोयन देकर उसे अच्छे तरीके से मिलाया जाता है, फिर उस मिश्रण में नमक, पिसा हुआ लहसुन, लाल मिर्च तथा हल्दी पाउडर डालकर पानी के साथ गूँथा जाता है, जब तक मिश्रण नरम न हो जाए। फिर मिश्रण को लंबा-लंबा बेला जाता है और उसे छोटे-छोटे टुकड़ों में काटकर उबलते हुए पानी में खौलाया जाता है। फिर जब टुकड़े ठंडे हो जाते हैं, तब उन्हें सरसों तेल में तला जाता है। उसके बाद गरम सरसों के तेल में जीरा, तेजपत्ता और हींग का तड़का दिया जाता है। इसके बाद कटा हुआ प्याज, गरम मसाला, लहसुन तथा लाल मिर्च पाउडर डालकर पकाया जाता है। जब मसाला अच्छी तरह से पक जाता है तो फिर उसमें तला हुआ राम शालन डालकर उसे कुछ समय के लिए भूँजा जाता है। अंत में पानी डालकर उसे थोड़ी देर खौलाया जाता है और उतारने के बाद ऊपर से घी एवं बारीक कटे हुए धनिए के पत्तों को डाला जाता है। इस तरह राम शालन परोसने के लिए तैयार हो जाता है।

□

आनंदी का भूजा

मिट्टी के बरतन में कच्चे चावल को तब तक भूना जाता है, जब तक कि वह फूट न जाए। तब जाकर तैयार होता है भूजा। चंपारण में मुख्य रूप से बासमती हिमालय की तलहटी में स्थित दोन क्षेत्र में थारू जनजाति द्वारा खेती कर पैदा की जानेवाली धान से और आनंदी से तैयार भूजा को खाया जाता है। जब शाम के समय आप चंपारण के ग्रामीण क्षेत्रों में भ्रमण करने निकलेंगे तो हर गली-नुक्कड़ और चौराहों पर आप पाएँगे भूजा और पकौड़े की दुकान। इन दुकानों में ज्यादातर आनंदी भूजा के साथ आलू की टिक्की और विभिन्न प्रकार के पकौड़े को खाने के लिए तैयार किया जाता है। भाजा चंपारण का एक लजीज नाश्ता है। अगर कभी आप बेतिया शहर आएँ और भ्रमण करते वक्त अगर आपको शंकर भाजा का ठेला दिख जाए तो जरूर स्वाद लें।

लौंग लता

लौंग लता मिठाई की जब भी चर्चा होती है तो लौंग लता का नाम अवश्य जेहन में आता है। लौंग लता निर्माण के लिए मैदा, खोया, इलायची और वनस्पति घी की जरूरत होती है। इसके लिए मैदे की छोटी-छोटी लोई बनाई जाती हैं। फिर लोई को बेलन पर बेलकर पूड़ी का आकार देकर और खोये को डालकर गोल आकार देते हैं और फिर वनस्पति घी में डालकर मध्यम आँच पर पकाते हैं, जब तक कि गोल्डन कलर न आ जाए। भूरा रंग ही लौंग लता को खास बनाता है। इसके बाद चीनी की गरम चाशनी में लौंग लता को तीन-चार मिनट के बाद निकालकर अलग रख लिया जाता है। ऊपर से सजावट के लिए इसमें लौंग लगा देते हैं। लौंग लता बंगाल की मशहूर मिठाइयों में से एक है, जिसका स्वाद पूर्वांचल तक फैला है। लौंग लता कई दिनों तक खराब नहीं होती है। गरमागरम लौंग लता खाने का मजा ही अलग है।

□

बक्सर की सोन पापड़ी

बक्सर शहर की सोन पापड़ी से कौन परिचित नहीं है! आप मुगलसराय रेल खंड के जरिए बिहार का सफर करते हों या फिर बिहार से बाहर जा रहे हों, यहाँ की सोन पापड़ी आपको इतनी लुभाती है कि इसके स्वाद का मोह आप संवरण नहीं कर पाते हैं। यहाँ की सोन पापड़ी में एक ऐसी मिठास है, जो अनूठी है। स्टेशन रोड और यमुना चौक इलाके में सोन पापड़ी की दर्जनों दुकानें हैं, जहाँ पर हर ग्राहक को शौक से मिठाई खरीदने से पूर्व मिठाई बाकायदा प्लेट में खिलाई जाती हैं। यह परंपरा आज भी कायम है। बक्सर में आपको 150 रुपए किलो से लेकर 300 रुपए किलो तक सोन पापड़ी मिल जाएँगी। यहाँ के कारीगरों ने बक्सर की सोन पापड़ी को फेमस कर दिया है। सोन पापड़ी चीनी, बेसन और घी को मिलाकर तैयार की जाती है। तो बक्सर की पापड़ी मशहूर है ही, लेकिन स्टेशन रोड के पास बदरी पापड़ी भंडार और महर्षि मिष्टान्न भंडार की सोन पापड़ी के लोग कद्रदान हैं। यहाँ की पापड़ी में एक ऐसी मिठास है, जो अनूठी है। आपको देशी घी और रिफाइंड की सोन पापड़ी का भी ऑप्शन मिल जाता है।

भभुआ की सोन पापड़ी : सोन पापड़ी तो वही जो बेसन से बनती है, लेकिन भभुआ की सोन पापड़ी बहुत स्वादिष्ट होती है, जो वहाँ बहुत पहले से किसी भी धार्मिक-सामाजिक समारोहों में बनाई जाती है। अब हलवाई से ऑर्डर देकर बनवाएँ या फिर घर में भी कुछ महिलाएँ इसे बनाना जानती हैं।

□

कतरनी चूड़ा

भागलपुर की पहचान सिल्क से तो है ही, लेकिन उससे अधिक पहचान कतरनी चूड़े की सौंधी खुशबू से है। कतरनी चूड़े की देश ही नहीं, विदेशों में भी प्रसिद्धी है। नए चूड़े का लोग इंतजार करते हैं। दूसरे प्रदेशों में रह रहे सगे-संबंधियों को यहाँ के लोग संदेश के रूप में इसे भेजते हैं। यह सिलसिला नवंबर से जनवरी तक चलता है। बाजार में दो तरह का करतनी चूड़ा मिलता है। एक हलका पतला और दूसरा चूड़ा मोटा होता है। करतनी चूड़े की खासियत यह है कि यह हरापन लिये होता है। साथ ही काफी मुलायम होता है। पानी में डालते ही गलने लगता है। अपनी विशिष्ट सुगंध और सुपाच्य होने के कारण इसे काफी पसंद किया जाता है। चूड़े की सुगंध कई दिनों तक रहती है। कतरनी धान की सबसे उत्तम किस्म की पैदावार जगदीशपुर इलाके में होती है और धान में पाई जानेवाली खुशबू के कारण कतरनी चूड़े की माँग सबसे अधिक होती है। कतरनी धान के उत्पादन में चानन नदी का विशेष योगदान है। इसके अलावा वातावरण भी कतरनी धान के उत्पादन में अहम भूमिका निभाता है। यह धान भागलपुर प्रमंडल में किसानों द्वारा सदियों से उगाया जा रहा है। इसके अलावा इस धान की खेती भागलपुर, बाँका और मुंगेर जिले के कुछ इलाकों में भी की जाती है। यह एक सुगंधित प्रभेद है, जिसके दाने मध्यम लंबाई लिये पतले होते हैं। इसके पौधे लगभग 140 से 160 सेंटीमीटर तक लंबे होते हैं। इसके कमजोर तने और अधिक लंबाई के कारण यह पकने के समय गिर जाता है। यह कम उर्वरावाली मिट्टी में अधिक होता है। कतरनी चूड़े की माँग देश के कई राज्यों से होती है। पड़ोसी देश नेपाल और बांग्लादेश तक इसकी सप्लाई होती है। □

मरचा चूड़ा

चंपारण का मरचा (मिर्चइया) चूड़ा बिहार के विशिष्ट खाद्य उत्पादों में से एक है। मरचा धान चंपारण की खुशबू है और चनपटिया की धरोहर। चंपारण में अतिथियों का स्वागत मरचा चूड़ा और थरुहट की प्रसिद्ध दही से किया जाता है। यह वही माटी है, जहाँ मरचा चूड़ा की सौंधी खुशबू का कायल हर पहुँचनेवाला और स्वाद चखनेवाला हो जाता है। यह प्रकृति द्वारा प्रदत्त एकमात्र चिउड़ा धान है। यह जैविक, सुगंधित, सुपाच्य एवं प्राचीनतम मरचा धान से तैयार होता है। मरचा धान का चूड़ा अपने स्वाद और सुगंध के कारण विशेष रूप से प्रसिद्ध है। इसकी विभिन्न अवसरों पर माँग बढ़ जाती है। मरचा चूड़ा का पोहा भी नाश्ते में खूब पसंद किया जाता है। इसकी माँग बिहार में ही नहीं, बल्कि देश-विदेशों में भी है। यूपी, मध्य प्रदेश, पश्चिम बंगाल और नेपाल में भी इसकी सप्लाई होती है। किसान और चावल कारोबारी रामेश्वर सिंह ने बताया कि मरचा धान का चूड़ा अपने विशेष स्वाद और सौंधी खुशबू के लिए जाना जाता है। इस चूड़े में मिठास होती है और यह आकार में छोटा और मोटा होता है। इस चूड़ा को बिना धोए खाते हैं, क्योंकि पानी में जाते ही गलने लगता है, इसलिए खानेवाले सीधे चूड़े में दही डालते हैं। मरचा धान की खेती पूरे विश्व में कहीं नहीं होती है। इसकी खेती मुख्य रूप से दोन के इलाके में होती है। गौनाहा, चनपटिया, सिकटा, मंझौलिया, नरकटियागंज, नौतन, मैनाटाड़, राम नगर, बगहा के दोन क्षेत्र में मरचा धान की अच्छी पैदावार होती है। हजारों एकड़ में इसकी खेती होती है। यह धान अगहनी है, इसे हजारों वर्षों से यहाँ उपजाया जाता है। खरीफ की फसल के समय इधर से गुजरने के दौरान लहलहाते धान के खेतों से आनेवाली खुशबू से लोगों का चेहरा खिल जाता है। पूर्वी चंपारण, नरकटियागंज इलाके में चूड़ा कूटने की कई मिलें हैं।

□

भोजपुर की हाथी कान पूड़ी

वैसे तो भोजपुर जिले में भिन्न-भिन्न प्रकार के व्यंजन हैं, जो आमतौर पर सब जगह नहीं मिलते हैं। इनमें लिट्टी-चोखा तो सबसे प्रमुख है। आज इसकी पहचान विश्व स्तर पर है। भोजपुर जिले का एक और प्रसिद्ध व्यंजन है, जो खासकर गाँव में शादी-ब्याह और किसी समारोह के मौके पर बनता है, और वह है पूड़ी। इसका साइज हाथी के कान के बराबर या उससे बड़ा ही होता है। इसके कारण इसे 'हाथी कान पूड़ी' कहा जाता है। यह इतनी मुलायम होती है कि एक मुट्ठी में भी समा जाती है। पूड़ी को गेहूँ के आटे में आवश्यकतानुसार घी डालकर कुछ देर तक पानी के साथ गूँथकर तैयार किया जाता है। इस पूड़ी की सबसे बड़ी खासियत यह है कि इसे बेलकर नहीं, हथेलियों पर बारी-बारी से थापकर बनाया जाता है। फिर कड़ाही में गरम घी में डालकर छान लेते हैं और इसके बाद यह पूड़ी खाने के लिए तैयार है। इस पूड़ी की विशेषता यह है कि यह कभी कड़ी नहीं होती है। 10 से 15 दिन तक यह पूड़ी खराब नहीं होती है। एक सामान्य व्यक्ति ज्यादा-से-ज्यादा डेढ़ से दो पूड़ी खा सकता है। इसका वजन डेढ़ सौ से 200 ग्राम तक होता है और यह एक परंपरागत व्यंजन है, जो पीढ़ी-दर-पीढ़ी से बनती आ रही है। आज भी लोग इसको बहुत पसंद करते हैं।

□

मालपुआ

बिहार का एक अतिविशिष्ट पकवान है 'पुआ'। मालपुए को 'बिहारी मिठाई' भी कहते हैं। इसके दीवाने इसकी खुशबू से ही दूर से खिंचे चले आते हैं। इसे मैदा, दूध, चीनी या गुड़ और केले को अच्छी तरह से मिलाकर घी या रिफाइंड में फ्राई किया जाता है। बनाने की विभिन्न विधियों के अनुसार इसे पुआ, शाही पुआ या मालपुआ नामों से संबोधित किया जाता है। तले गए पुए को चीनी की चाशनी (रस) में डुबोकर पुआ तैयार किया जाता है। पुए में खोया और छेना डालकर 'शाही पुआ' बनाया जाता है, विशेषकर होली के मौके पर यह बिहार के घर-घर में बनता है। चाहे वह गरीब हो या अमीर, मालपुए को छोटे-बड़े सभी बड़े प्रेम से खाते हैं। बसंत पंचमी यानी सरस्वती पूजा के दिन हर घर में इसे अवश्य बनाया जाता है। इसके पीछे बसंतागमन पर खुशी

मनाने की मान्यता है। ठंड से अकड़े जनजीवन को सुंदर-सुरमई बसंत का स्वागत करना प्रकृति से बिहारियों के जुड़ाव का प्रतीक है। होली से पूर्व बसंत पंचमी पर पुआ बनाना वर्ष भर के उत्सव की शुरुआत का प्रतीक है। विजयादशमी को भी पुआ बनाकर बुराई पर अच्छाई के प्रतीक का उत्सव मनाते हैं। पुआ सदा से एक शाही पकवान माना जाता है। कहीं-कहीं तो मालपुए को गरम दूध में डालकर परोसा जाता है। साथ ही ऊपर रबड़ी डाली जाती है। इससे स्वाद बढ़ जाता है। इसे घर में बनाकर अतिथियों को खिलाना एक विशेष आतिथ्य भाव का सूचक है। अब बिहार में शादी-ब्याह के अवसर पर अन्य व्यंजनों के साथ इसे परोसना एक अतिरिक्त सत्कार की श्रेणी में माना जाता है। मालपुए की सामग्री से ही जब पकौड़े या बड़े की तरह गोल-गोल व्यंजन तैयार करते हैं तो उसे 'गुलगुले' कहते हैं।

□

रुन्नीसैदपुर की बालूशाही

बिहारी व्यंजनों में अपनी विशिष्टता के लिए मशहूर रुन्नीसैदपुर (सीतामढ़ी) की लजीज मिठाई बालूशाही के स्वाद के बिना सीतामढ़ी की यात्रा अधूरी है। रुन्नीसैदपुर की विशिष्टता को दरशाने में इस पारंपरिक मिठाई की भूमिका अहम है। छेने के साथ सूजी के एक खास अनुपात के साथ चीनी की चाशनी में बनाई जानेवाली इस मिठाई की खासियत यह है कि बगैर फ्रिज के एक सप्ताह से दस दिनों तक भी यह खराब नहीं होती है। सैकड़ों वर्ष पुराने अपने इतिहास को समेटे तथा एक लंबे सफर को तय करने के बाद इस मिठाई को अपनी पहचान व ख्याति मिली है। वक्त के साथ इसमें बदलाव भी हुए और ख्याति व पहचान का दायरा भी बढ़ा है। इसकी ख्याति इतनी है कि राज्य के बाहर से आने-जानेवाले पर्यटक भी सौगात के तौर पर रुन्नीसैदपुर की बालूशाही ले जाना नहीं भूलते। सस्ती, टिकाऊ व लजीज मिठाई कहीं और शायद ही मिले। अपनी विशिष्टता के लिए मशहूर इस मिठाई के लिए आपको किसी से पूछने की जरूरत नहीं है। स्थानीय बस स्टॉप के अलावा एनएच-77 के किनारे दर्जनों ऐसी दुकानें हैं।

□

मिरजई

फतुहा किनारे बसा हुआ वह छोटा सा शहर है, जो व्यापारिक गतिविधियों का पुराना केंद्र रहा है। मौर्य और गुप्तकाल में जहाँ राजधानी पटना का जुड़ाव इस शहर से हुआ करता था, वहीं यहाँ आजादी के पहले से ही मिरजई नामक मिठाई अपना नाम स्थापित कर चुकी थी। यहाँ से लोग संदेश के रूप में मिरजई ले जाया करते थे, जो परंपरा अभी भी जारी है। बिहार ही नहीं, देश के प्रमुख राजनीतिज्ञ जब भी इस फतुहा शहर से गुजरते हैं तो उनके कार्यकर्ता भेंट के रूप में उन्हें मिरजई जरूर देते हैं। पूर्व प्रधानमंत्री राजीव गांधी जब 1990 में फतुहा में अपने चुनावी अभियान के तहत आए थे, तब कांग्रेसी कार्यकर्ताओं ने उन्हें मिरजई खिलाई थी। यहाँ तो मिरजई की दुकानें बहुत हैं, लेकिन स्व. बुलकन साव की दुकान की लोकप्रियता दूर-दूर तक है। पसंद करनेवाले ऑर्डर देकर यहीं से मिरजई बनवाते हैं। स्व. बुलकन साव के बेटे मोहन साव फिलहाल इस दुकान को चला रहे हैं। मोहन साव बताते हैं कि आम बिक्री और ऑर्डर की क्वालिटी में थोड़ा अंतर होता है। अब शुद्ध घी की मिरजई ऑर्डर मिलने पर ही बनाते हैं।

□

भागलपुर का जर्दालू आम

आम उत्पादन और उत्पादकता के दृष्टिकोण से देश में बिहार का चौथा स्थान है। भागलपुर में उपजा जर्दालू आम विदेशों तक प्रसिद्ध है। खासकर गंगा के दक्षिण किनारे फलनेवाले आम काफी स्वादिष्ट होते हैं। जर्दालू आम किसी जमाने में मुगलकाल के लिए खास किस्में हुआ करती थीं और बंगाल के मुर्शिदाबाद जिले में यह प्रजाति काफी सफलतापूर्वक उगाई जाती रही। बिहार में जर्दालू आम का महत्त्व इसकी गुणवत्ता एवं यहाँ की जलवायु बंगाल से अधिक अच्छी होने के कारण काफी बढ़ गया। तिलकपुर का जर्दालू आम बिहार सरकार की सौगात के रूप में राष्ट्रपति और प्रधानमंत्री को भेजा जाता है। फल का औसतन वजन दो सौ ग्राम होता है। फल का आकार लंबापन लिये होता है। पकने पर फल आकर्षक पीले रंग का होता है। विशिष्ट स्वाद, सबसे अधिक सुपाच्य, रेशा कम, शुगर के मरीजवालों के भी खाने लायक, मोटे छिलके के कारण ज्यादा दिनों तक रखने पर खराब नहीं होता है। इसका व्यवहार चूसकर या छिलका काटकर किया जाता है।

□

मुजफ्फरपुर की लीची

मुजफ्फरपुर की लीची केवल देश में ही नहीं, बल्कि विदेशों में भी काफी लोकप्रिय है। 'लीची शहर' नाम से मशहूर मुजफ्फरपुर की विश्व भर में विशिष्ट पहचान है। यहाँ की 'शाही लीची' उच्च गुणवत्ता और न भूलनेवाली मिठास की वजह से विख्यात है। विश्व में चीन के बाद मुजफ्फरपुर की ही लीची श्रेष्ठ मानी जाती है। मुजफ्फरपुर की रसीली लीची के सामने ताइवान, थाईलैंड और बांग्लादेश जैसे देश भी पीछे हैं। यहाँ की लीची की इंग्लैंड, अमेरिका, फ्रांस, नीदरलैंड, दुबई, सिंगापुर, हांगकांग आदि देशों में काफी माँग है, इसलिए इसका बड़े पैमाने पर निर्यात भी किया जाता है। मुजफ्फरपुर जिले में गरमी के मौसम में बड़े पैमाने पर लीची का उत्पादन होता है। तब लीची 25-30 रुपए किलो तक बिकती है। यह छोटे आकार का और पतले और नाममात्र काँटों के छिलकेवाला फल है। इसका छिलका पहले लाल रंग का होता है और अच्छी तरह पक जाने पर थोड़े गहरे लाल रंग का हो जाता है। अंदर मुलायम पारदर्शी सफेद रंग का चमकदार फल होता है, जो स्वादिष्ट और स्वास्थ्यवर्धक होता है। लीची पौष्टिक तत्त्वों का भंडार है। इसमें भरपूर विटामिन सी, पोटैशियम और शर्करा होती है, साथ ही पानी की मात्रा भी पर्याप्त होती है। दस लीचियों से लगभग 65 कैलोरी मिलती है। जिले में बड़े पैमाने पर लीची उत्पादन को देखते हुए 6 जनवरी, 2001 को तत्कालीन केंद्रीय कृषि मंत्री नीतीश कुमार ने मुशहरी में राष्ट्रीय लीची अनुसंधान केंद्र, मुजफ्फरपुर की स्थापना की आधारशिला रखी। 24 जून, 2002 से अनुसंधान केंद्र ने काम करना शुरू कर दिया। वर्तमान में लीची संबंधित उद्योगों के विकास, विपणन की सुविधा आदि कार्य योजनाओं पर अनुसंधान केंद्र विभिन्न स्तरों पर काम कर रहा है।

□

हाजीपुर का मालभोग केला

'केले का सरताज' के रूप में विश्व विख्यात है हाजीपुर। यहाँ के मालभोग का जवाब नहीं। यहाँ का मालभोग केले के सरताज के रूप में विश्वविख्यात है। यह देश के केले की उन्नत प्रजातियों में से एक है। इसकी विशेषता यह है कि इसे गरम रोटी पर रख दें तो पिघलकर इस तरह फैलता है, मानो किसी ने रोटी पर मक्खन का लेप चढ़ा दिया हो! जिले के हाजीपुर और बिदुपुर प्रखंड केले के मुख्य उत्पादक क्षेत्र है। इन प्रखंडों में लगभग 30 हजार एकड़ से भी अधिक भूभाग में इसकी खेती होती है। वर्तमान में वैशाली में केले की उत्पादन दर औसतन 22 टन प्रति हेक्टेयर है। वैशाली जिले में जढुआ से लेकर कथौलिया तक नदी किनारे की दोमट मिट्टी केले के उन्नत पौधे के लिए उपयुक्त मानी गई है। हाजीपुर के दिघी रेलवे गुमटी के पास सड़क के किनारे हमेशा मालभोग केला उपलब्ध रहता है। अन्य केलों में अलपान, बरहरी चीनिया, कंथाली, बरसायन, मुठिया और बतीसे की यहाँ बड़े पैमाने पर खेती होती है। वर्ष 1951 में उत्तर भारत का पहला केला अनुसंधान केंद्र हाजीपुर के हरिहरपुर में स्थापित हुआ था। केला पौष्टिकता की दृष्टि से भी अन्य फलों की तुलना में अधिक शक्तिदायक है। केले के पके हुए सौ ग्राम गूदे में लगभग 150 कैलोरी ऊर्जा मिलती है। इसके अलावा 12 प्रतिशत प्रोटीन, विटामिन बी-ए, खनिज तत्त्व के रूप में आयरन, पोटैशियम, फॉस्फोरस आदि पाए जाते हैं। विटामिन ए की पूर्ति पके हुए केले से भी की जा सकती है।

□

पान

पान यानी 'ताम्बूल' संस्कृत के 'ताम्र' शब्द से आया, जिसका अर्थ है ताँबा। जिस तरह ताँबा लाल रंग का प्रतीक है, उसी तरह पान लाल रंग का द्योतक है। संस्कृत के चंद पौराणिक लेखों के अनुसार, पान खाने की परंपरा दक्षिण-पूर्वी एशियाई महाद्वीप में शुरू हुई थी। 'कामसूत्र' में वात्स्यायन ने इसकी गणना सोलह शृंगारों में से एक के रूप में की है। उन्होंने लिखा है कि दाँत साफ कर आईने में खुद को निहार लेने व मुँह को सुगंधित व तरोताजा बनाने के लिए तंबूला (पान) खाकर ही मनुष्य को अपने काम की शुरुआत करनी चाहिए। भारतीय औषधि शास्त्र के विद्वान् सुश्रुत ने लिखा है [illegible] खाने से मुँह, जीभ व दाँतों की पूर्ण सफाई हो जाती है, जो आत्मविश्वास से आवाज निकालने में सहायक होती है। सुश्रुत के अनुसार, यह कई रोगों से बचाव करने के अलावा रक्त की सफाई और पाचन क्रिया को तेज करनेवाला तत्त्व है। लोगों को पान खाने का शौक है। वहीं हिंदुओं के घर पूजा-त्योहार में इसका प्रयोग अनिवार्य है। कमोबेश पान हर इलाके में बड़े चाव के साथ खाना खाने के बाद खाने का चलन है। मिथिलांचल में तो पान का पटवटी हर घर में अवश्य रखा है। पुरुषों के साथ महिलाएँ भी पान खाती हैं। 'पान खाए सइयाँ हमारो, साँवली सूरतिया होंठ लाल-लाल' गीत काफी लोकप्रिय है। सूबे में औरंगाबाद, गया, नालंदा, मधुबनी, वैशाली, मुंगेर, भागलपुर, अररिया, पूर्णिया और जमुई जिले में मगही और देशी पान की खेती होती है। इसके अलावा, कपूरी हरा पत्ता और कलकतिया की खेती किसान करते हैं। पान की खेती विशेष प्रकार से की जाती है, जिसके लिए अत्यंत उपजाऊ मिट्टी और नमी की आवश्यकता होती है। पान की खेती के लिए बेजार तैयार करके जमीन को पहले दो-तीन बार गहराई के साथ जोतकर उस क्षेत्र को बाँस से घेरने के बाद उसके ऊपर आ[illegible]-दस फीट की ऊँचाई पर घास-फूस से छत का निर्माण किया जाता है, ताकि तेज धूप [illegible] पान के पत्ते सुरक्षित रह सकें। किसान सामान्यतः घड़े से पान के पत्तों पर छिड़का[illegible]ते हैं।

□

तुरकौलिया की मुर्की मिठाई

पूर्वी चंपारण जिले के मुख्यालय मोतिहारी से लगभग दस किलोमीटर की दूरी पर स्थित ऐतिहासिक स्थल तुरकौलिया अंग्रेजी हुकूमत काल से ही प्रसिद्ध है। यहाँ ऐतिहासिक नीम का पेड़ किसानों पर हुए अत्याचारों का गवाह है। इस पेड़ से बाँधकर उन किसानों पर कोड़े बरसाए जाते थे, जो नील की खेती करने से इनकार करते थे। इसके नीचे बैठकर महात्मा गांधी यानी बापू ने निलहों से पीड़ित किसानों से उन पर हुए अत्याचारों की दास्तान को सुना था। वहीं तुरकौलिया चौक की मुर्की मिठाई अपने स्वाद के लिए काफी प्रसिद्ध है, जो 1940 से यहाँ बनती रही है। वैसे तो यह मिठाई साल भर बनती और बिकती है, लेकिन महाछठ पर्व पर इसकी माँग बढ़ जाती है। दूध के छेना से तैयार इस सूखी मुर्की मिठाई का स्वाद लाजवाब होता है। एक बार जो भी चख लेता है, वह इसे बार-बार खाना चाहता है। इसे तैयार करने के दौरान सबसे पहले दूध से छेना तैयार कर उसके छोटे-छोटे टुकड़े किए जाते हैं, फिर उन्हें चीनी की चाशनी में डालकर लगभग आधे घंटे तक खौलाया जाता है, जब तक कि चाशनी नहीं सूख जाती है। स्थानीय लोग बताते हैं कि तुरकौलिया चौक स्थित मिठाई दुकानदार गोपाल चौधरी ने इसे बनाने की शुरुआत की थी। उस जमाने में अंग्रेजों का शासन था। तुरकौलिया में अंग्रेजों की कोठी थी, जहाँ अंग्रेज अधिकारी सपरिवार रहा करते थे। कहते हैं कि साहेब (अंग्रेज) अपनी रूठी मेम साहब को मनाने के लिए मुर्की मिठाई पेश करते थे। भूआल पटेल ने बताया कि उनके पिताजी बताया करते थे कि इलाके के जमींदार को कोई भी जटिल काम कराना होता था तो उनकी दुकान से मुर्की लेकर मेम साहेब को देते थे। इस बात में कितनी सच्चाई है, भगवान् जाने, परंतु यहाँ के लोग अब भी अपने रिश्तेदार और दोस्तों को सौगात के रूप में मुर्की मिठाई भेंट करते हैं। तुरकौलिया में 500 से अधिक लोग इस कारोबार से जुड़े हैं। तुरकौलिया के अलावा शेखपुरा जिले के शहर में भी छेना मुर्की की दुकानें हैं, जिसकी मिठास केवल बिहार में ही नहीं, महानगरों तक पहुँच चुकी है। लगभग तीन सौ रुपए प्रति किलो की दर से बिकनेवाली यह मिठाई अधिकांश लोग अपने साथ शेखपुरा की सौगात के रूप में ले जाते हैं।

□

पंचानपुर का रसगुल्ला

भारत देश में जब-जब रसगुल्ले की बात चलती है, तब बंगाल की धरती का स्वतः स्मरण हो जाता है। ऐसे ही ओडिशा में भी रसगुल्ला काफी लोकप्रिय मिष्टान्न है। पूरे देश में अपनी मिठाई के नाम पर पुरातन नगरी गया की पहचान दूर देश तक है, जहाँ का तिलकुट, लाई और ईनरसा (अनरसा) देश-विदेश में प्रसिद्ध है, लेकिन इसी गया क्षेत्र के मोरहर नदी के किनारे पंचानपुर में बने रसगुल्ले की बात लाजवाब है। यह रसगुल्ला आज मगध या बिहार छोड़िए, पूरे देश में प्रसिद्ध हो गया है। यहाँ 50 ग्राम से डेढ़ किलो तक का एक रसगुल्ला मिलता है। रसगुल्ला अपने बड़े आकार के लिए काफी प्रसिद्ध है। स्थानीय लोग इस रसगुल्ले को 'गलफार रसगुल्ला' कहते हैं। पंचानपुर, गया राज्य के राजमार्ग पर स्थित है। यह टेकरी अनुमंडल कार्यालय से 6 किमी. और गया से 18 किमी. दूर है। यहाँ पंडितजी की मिठाई दुकान की मिठास लगभग 54 वर्षों से यहाँ और आसपास के लोगों के जीवन में घुल रही है। इस दुकान की खासियत यह है कि यहाँ 50 ग्राम से डेढ़ किलो तक का एक रसगुल्ला मिलता है। यहाँ का रसगुल्ला खाने के लिए दूर-दूर से लोग आते हैं। इसे बनाने का तरीका लगभग सभी लोग एक-सा ही अपनाते हैं। फिर भी न जाने क्यों कुछ दुकानें और लोगों के हाथों में ऐसा कौन सा जादू होता है, जो हम उस तरफ खिंचे चले जाते हैं! स्व. रामचंद्र मिश्र ने वर्ष 1969 में पंचानपुर मोड़ पर एक छोटी सी दुकान खोली थी, जो आज स्वाद और साइज के कारण पूरे जिले में प्रसिद्ध है। दुकान के संचालक अनिल मिश्र बताते हैं कि उनके पिता के समय से ही 50 ग्राम से लेकर डेढ़ किलो तक का एक रसगुल्ला बिक रहा है। 50 ग्राम का रसगुल्ला बनाने में लगभग आधे घंटे का समय लगता है तो दो किलो का रसगुल्ला बनाने में लगभग तीन से चार घंटे का समय लगता है। बड़े साइज का रसगुल्ला ग्राहक स्वयं के खाने के लिए नहीं, बल्कि सगे-संबंधी को सौगात देने के लिए ले जाते हैं। इतने बड़े साइज का रसगुल्ला तैयार करने के पीछे की वजह जानकर आप आश्चर्य में पड़ जाएँगे। अनिल ने बताया कि "जब पिताजी दुकान चलाते थे, तो उस

वक्त एक दारोगाजी आते-जाते थे और जमकर रसगुल्ला खाते थे। इतना ही नहीं, जब वे अपने किसी सगे-संबंधी के यहाँ या फिर अपने अधिकारी से भेंट करने के लिए जाते थे, तो यहीं से रसगुल्ला खरीदकर ले जाते थे। उस वक्त लगभग 20 किलोमीटर दूर तक कोई मिठाई की दुकान नहीं थी। दारोगाजी ने यह आइडिया दिया कि 'रसगुल्ला तो सब जगह मिलता है, लेकिन सबसे बड़ा रसगुल्ला तैयार कीजिए।' उनकी बातों से प्रभावित होकर पिताजी ने यहाँ बड़े साइज में रसगुल्ले बनाना शुरू किया। उसी का नतीजा है कि आज भी यहाँ डेढ़ किलो तक का रसगुल्ला बनाया जाता है।"

□

मिथिलांचल का दही

मिथिलांचल में विवाह के बाद दामाद यानी जमाई को छप्पन प्रकार का भोजन कराया जाता है। मिथिला में मछली विशेष आनंद का भोजन है। वैसे मिथिला का मुख्य भोजन दही-चूड़ा है। कहावत प्रसिद्ध है कि 'मिथिला है दही-चिउड़ा। खिया के मारे दुई एड़वा।' उत्तर बिहार में श्राद्धकर्म हो, तब भी सबसे पहले दही-चूड़ा खिलाने का रिवाज है। इस पर तुलसीदासजी ने चौपाई भी लिखी—'दधि चिउरा उपहार अपारा, भरी-भरी काँवर चले कहारा।' मिथिलांचल की दही एक बार खाने के बाद लोग इसे लंबे समय तक याद रखते हैं। यह न केवल स्वादिष्ट और मीठा, बल्कि थलथल (पानी रहित) भी रहता है। इसलिए मिथिलांचल के लोग दही को कपड़े में बाँधकर एक स्थान से दूसरे स्थान तक लेकर चले जाते हैं। मिथिलांचल में दही को अमृत सरोवर से प्राप्त उत्तेजक पदार्थ माना जाता है। यहाँ दूध कच्चे कर्पूर से जमाया जाता है, यानी दूध जमाने के लिए कर्पूर का जोरन दिया जाता है। इससे यहाँ का दही काफी स्वादिष्ट होता है।

□

जमुई का रसगुल्ला

यहाँ का रसगुल्ला बंगाल के रसगुल्ले की टक्कर का माना जाता है। गाय के दूध से तैयार यह रसगुल्ला खाने में बेहद लजीज और सुपाच्य होता है।

□

सकड्डी का पेड़ा

कोइलवर शहर से कुछ दूर पहले सकड्डी एक छोटा सा बाजार है, जो यहाँ के पेड़े के लिए प्रसिद्ध है। राष्ट्रीय उच्च पथ पर स्थित होने से यहाँ के पेड़े की ख्याति बनारस तक पहुँच गई है। इस पेड़े की खासियत यह है कि इसे लाल कर दिया जाता है और खाने में यह सौंधी मीठा लगता है। सबसे खास बात यह है कि सकड्डी जैसा पेड़ा अन्यत्र नहीं बनता है।

□

शाहपुर का झारुआँ लड्डू

शाहपुर (भोजपुर) का झारुआँ लड्डू प्राचीनकाल से ही अपने लजीज स्वाद के लिए प्रसिद्ध है, जिसे 'शंकर का लड्डू' भी कहा जाता है। यह लड्डू शुद्ध घी, चने के बेसन, सौंफ, काजू, किशमिश तथा नारियल के बुरादे से तैयार किया जाता है। इस लड्डू की खासियत होती है कि यह चीनी और गुड़ से भी तैयार किया जाता है।

□

तिसी के लड्डू

यह भोजपुर और बक्सर क्षेत्र में काफी लोकप्रिय है। इसे तिसी से बनाया जाता है। इसका स्वाद काफी लाजवाब होता है। पहले तिसी को हलकी आँच पर भूना जाता है, फिर इसे कूटा जाता है। अच्छी तरह से कूट लेने के बाद गुड़ की चाशनी में अच्छी तरह मिलाने के बाद उसमें घी, किशमिश, नारियल चूर्ण आदि को स्वाद को बढ़ाने के लिए मिलाया जाता है।

□

रसकदम

यह कहलगाँव (भागलपुर) की प्रसिद्ध मिठाई है। इसके लिए गाय के दूध का खोया तथा पोस्तदाना के चूर्ण का प्रयोग किया जाता है। सबसे पहले पोस्तदाना को हलकी आँच पर भूना जाता है, फिर खोये को चीनी की चाशनी चढ़ाकर ऊपर से भूने हुए पोस्तदाना के चूर्ण को चढ़ा दिया जाता है।

□

शेरघाटी का प्याऊ

प्याऊ जो है, सो गाजा से कुछ थोड़ा ही अलग है। यह गोल आकृति चाशनी के साथ आटे और मैदे आदि का घोल बनाकर और छानकर चाशनी में डालकर बनाया जाता है। शेरघाटी का यह मिष्टान्न बड़ा ही स्वादिष्ट है। मगध प्रसिद्ध है। प्याऊ का अपना एक इतिहास है। यहाँ की प्याऊ मिठाई पूर्व में कई राज्यों तक भेजी जाती है। दुकान के संचालक संदीप गुप्ता बताते हैं कि उनके परदादा ने लगभग 107 साल पहले इस मिठाई को बनाना शुरू किया था। अंग्रेज काल में इस मिठाई की माँग काफी होती रही है। पहले मैदे और घी से प्याऊ बनती थी अब रिफाइंड से भी बनने लगी है। दुकानदारों ने बताया कि 10 से 12 घंटे तक उसे धीरे-धीरे अँगीठी की आग में सिझाया (पकाया) जाता था। फिर जब पूरी तरह से तैयार होती थी तो उसे चीनी की चाशनी में डुबोया जाता था। इस प्रकार से यह मिठाई काफी सुंदर और स्वादिष्ट होती थी, जो लोगों को काफी पसंद थी। साहित्यकार राकेश कुमार सिन्हा (रवि) ने बताया कि शेरघाटी का प्याऊ राजघराने की लोकप्रिय मिठाई मानी जाती थी। जमींदारी काल में तत्कालीन जमींदार के घर में यह शान की मिठाई होती थी। राजदरबार में आनेवाले मेहमानों को यह मिठाई परोसी जाती थी।

□

चंपारण का अहुना मटन

सत्याग्रह की पवित्र भूमि चंपारण तो देश-विदेश में प्रसिद्ध है, लेकिन मांसाहारी व्यंजन के लिए अहुना मटन के लिए ख्यात है। अहुना मटन बनाने का तरीका एकदम परंपरागत है। यह काफी स्वादिष्ट माना जाता है। इसे 'हाँड़ी' व 'बटलोही मीट' भी कहा जाता है। पहले नेपाल के गरुड़ा और कटहरिया में इस तरह का मटन बनाया जाता था। इसके बाद पूर्वी चंपारण के घोड़ासहन से शुरू होकर मोतिहारी से होते हुए राजधानी पटना पहुँचा। नेपाल में यह मटन खुले बरतन में बनता है, जबकि चंपारण में इसे मिट्टी के बरतन में मिट्टी के ढक्कन से ढककर उस पर आटा लगाकर लकड़ी के कोयले की धीमी आँच पर पकाया जाता है। मिट्टी के बरतन को 'आहुना' बोलते हैं, इसलिए 'अहुना मटन' कहते हैं। चंपारण अहुना मटन की विशेषता है कि यह मिट्टी के बरतन में बनाया जाता है। इसे बनाने के लिए सबसे पहले मटन को सरसों का तेल, प्याज, लहसुन, अदरक और मसालों के मिश्रण के पेस्ट के साथ मिलाया जाता है। इसके बाद मिट्टी की ढकनी से ढककर आटे से चारों तरफ बंद कर दिया जाता है। फिर उसे लगभग एक घंटे के लिए कोयले की धीमी आँच पर रख देते हैं। इस बीच में केवल हाँड़ी को अंगारे से उठाकर हिलाना होता है। उसके बाद यह तैयार हो जाता है। इसे लोग रोटी, पराठा, चावल, भूजा आदि के साथ खाना पसंद करते हैं। बेहतरीन स्वाद के कारण चंपारण मीट अब ब्रांड लेबल बन गया है। □

मिथिला का तरुआ

मिथिला के खानपान का महत्त्वपूर्ण हिस्सा तरुआ है। यहाँ के खानपान के बारे में एक प्रसिद्ध लोकोक्ति है—'मिथिलाक भोजन तीन, कदली, कबकब मीन।' यहाँ कदली यानी केला, कबकब यानी ओल या सूरन और मीन यानी मछली। लेकिन यह जो ओल है, उसे तलकर पकौड़े की तरह भी यानी तरुआ (बचका) बनाकर भी खाया जाता है। तरुआ तो लगभग सभी सब्जियों का बनता है। इसके बगैर मिथिलांचल में भोजन अधूरा माना जाता है। आलू, बैंगन, गोभी, लौकी, कुम्हड़ा (काशीफल), परवल, खम्हार, ओल (सूरन), अरिकंचन (अरबी के पत्ते)। लेकिन मिथिला में अतिथि के सत्कार में सबसे महत्त्वपूर्ण तरुआ होता है तिलकोर का। तिलकोर एक किस्म का कुंदरू जैसे फल का पत्ता होता है, जिसके औषधीय गुण भी होते हैं। मिथिला में तिलकोर की बेल आपको हर घर की बाड़ी (बागीचा) में मिल जाएगी। मिथिला में तिलकोर ही नहीं, बाकी सब्जियों का तरुआ बनाने की विधि लगभग एक जैसी है। इसके लिए बेसन या चावल के आटे (जिसको मैथिली में पिठार कहा जाता है) का इस्तेमाल किया जाता है।

□

मिथिला का प्रिय व्यंजन मछली

मिथिलांचल में विवाह के बाद दामाद यानी जमाई को छप्पन प्रकार का भोजन कराया जाता है। मिथिला में मछली विशेष आनंद का भोजन है। इस इलाके में मछली-चावल लोग पसंद करते हैं। मछली मिथिला का सर्वाधिक लोकप्रिय मांसाहारी खाद्य है। इन मछलियों में सिंगही, गैंची, मांगुर, कबई, गरई आदि मिथिला की पारंपरिक और लोकप्रिय मछली है और मछली के दर्जनों प्रकार के व्यंजन मिथिला में प्रयोग किए जाते हैं। मिथिलांचल में किसी नए मकान में गृह प्रवेश के प्रीतिभोज में करमी के साग को अनिवार्य रूप में बनाया जाता है। वैसे मिथिला का मुख्य भोजन दही-चूड़ा है। कहावत प्रसिद्ध है—'मिथिला है दही-चिउड़ा। खिया के मारे दुई एड़वा।' उत्तर बिहार में श्राद्धकर्म हो, तब भी सबसे पहले दही-चूड़ा खिलाने का रिवाज है। इस पर तुलसीदासजी ने चौपाई भी लिखी—'दधि चिउरा उपहार अपारा, भरी-भरी काँवर चले कहारा।'

□

दलपीठी और दलघुसरी

गेहूँ के आटे को सामान्य तौर पर गूँथकर उसकी छोटे-छोटे आकार की पीठी बनाई जाती है। वह पीठी, जिसमें मुख्य रूप से चौकोर आकार की या त्रिशूल के बीचवाले शूल के आकार की अथवा पुष्प के आकार की बनाई जाती है, जो पुष्प के आकार की होती है, उसे 'दलघुसरी' भी कहा जाता है। मसूर या अरहर की दाल में इन पीठों को डालकर मध्यम आँच में सिंझाया (पकाया) जाता है। इस तरह दाल में पककर बिहार का एक सुस्वादु खाना दलपीठी तैयार होता है। जिस प्रकार दाल में छौंक का महत्त्व होता है, वैसे ही दलपीठी में भी छौंक की खास अहमियत होती है। परंपरागत तौर पर शुद्ध घी में जीरा, लहसुन और हींग का छौंक लगाया जाता है, जिससे दलपीठी की खुशबू और स्वाद में इजाफा हो जाता है। दलपीठी को आलू के चोखा, धनिया पत्ती की चटनी और अचार के साथ परोसने की प्रथा है। इसे बहुप्रचलित बिहारी व्यंजन खिचड़ी का ही दूसरा रूप कहा जा सकता है। खिचड़ी जहाँ दाल-चावल का मिश्रण है, वहीं दलपीठी में दाल और गेहूँ से तैयार पीठी होती है। इसे प्रायः बरसात के मौसम या ठंड के मौसम में झटपट बननेवाले लजीज व्यंजनों की श्रेणी में रखा जाता है। बिहार में मौसमानुसार खाना बनाने की प्रथा भी है। स्वाद और गुणवत्ता के मुख्य अवयव और खाना बनाने के तरीके के कारण कायम रहते हैं बिहारी खाने में। दलपीठी की तरह दूध में छोटी-छोटी पीठी डालकर दूध पीठी भी बनाई जाती है, जो बच्चों और बुजुर्गों के लिए एक पौष्टिक, सुस्वाद आहार माना जाता है।

□

दूधपुआ

दूधपुआ चावल के आटे को घोलकर मिट्टी की खपरी (कड़ाहीनुमा तवा) में पकाया जाता है और दूध के साथ चीनी या गुड़ मिलाकर तैयार की गई चाशनी में उसे कम-से-कम दो-तीन घंटों के लिए डुबोए रखा जाता है। वह अकसर धान कटनी के मौसम में नए धान के चावल के आटे से बनाया जाता है। खपरी में पकने से इस पुए में मधुमक्खी के छत्ते की तरह छेद हो जाते हैं, जिनके पोर-पोर में चाशनी घुस जाती है। दूधपुए की मिठास की कल्पना से ही मुँह में पानी आ जाता है।

□

नारियल लच्छा मिठाई

पटना अपने तरह-तरह के स्वादिष्ट व्यंजनों के लिए मशहूर है। अगर बात मिठाई की करें तो पटना सिटी की नारियल लच्छा मिठाई काफी लोकप्रिय और स्वादिष्ट है। यह मिठाई केवल पटना में ही बनती है। यूँ कहें तो यह पूरे देश की इकलौती मिठाई है, जो केवल पटना में ही तैयार होती है। इसके इतिहास पर नजर डालें तो पता चलता है कि लगभग सौ सालों से यह बन और बिक रही है। यह मिठाई 15 से 20 दिनों तक खराब नहीं होती है। इसलिए लोग इसे अपने हित-कुटुंबों को संदेश के रूप में भेजना पसंद करते हैं। इसकी शुरुआत दरगाह रोड के मिश्री लाल के पूर्वजों ने की थी। इनकी तीसरी पीढ़ी अब भी इसके कारोबार में जुटी है। मिश्री लाल के 60 वर्षीय पुत्र किशोर कुमार बताते हैं कि पिताजी खुद नारियल लच्छा मिठाई बनाते थे और फेरी कर बेचते थे, लेकिन हम आज शहर में सप्लाई करते हैं और सब्जी बाग में नारियल लच्छा की दुकान खोलकर बैठे हैं। किशोर कुमार बताते हैं कि यह इकलौती मिठाई है, जो सौ साल बाद भी बिहार में केवल पटना सिटी के सादिकपुर, दरगाह रोड, मीना बाजार और तुलसी मंडी इलाके में ही बनती है। इसके कारोबार में दो दर्जन से अधिक लोग जुटे हुए हैं। इस मिठाई की पहुँच पूरे देश और विदेशों में भी है। खासकर अमेरिका, सिंगापुर, नेपाल, पाकिस्तान, सउदी अरब देशों के अलावा अपने देश के झारखंड, पश्चिम बंगाल, उत्तर प्रदेश, दिल्ली, मुंबई आदि प्रदेशों में भी है। किशोर की मानें तो इस मिठाई को तैयार करने में केवल केरल की सोमपेठा प्रजाति के नारियल का प्रयोग किया जाता है, क्योंकि यह नारियल अन्य प्रदेशों के नारियल से अधिक मुलायम और बड़े आकार का होता है। नारियल का लच्छा आज भी परंपरागत तरीके से तैयार किया जा रहा है। चाकू के सहारे नारियल को रस्सी की तरह चार से पाँच फीट तक का लच्छा तैयार किया जाता है। नारियल को रस्सी की तरह तैयार करना अपने आप में एक कला है। इसमें पूरा हाथ का कमाल है। नारियल लच्छा तैयार होने के बाद उसे कम-से-कम सात-आठ बार अच्छी तरह से धोया जाता है। नारियल लच्छे को तब तक धोया जाता

है, जब तक कि नारियल लच्छे से दूध निकलना बंद नहीं हो जाता, क्योंकि नारियल में दूध रह जाने से फफूँद लग जाता है, इसलिए इसकी सफाई पर विशेष ध्यान रखा जाती है। इसे तैयार करने में नारियल और चीनी के अलावा अन्य किसी प्रकार का एसेंस या केमिकल रंग का प्रयोग नहीं किया जाता है, क्योंकि एसेंस या केमिकल रंग मिलाने से नारियल का रंग लाल हो जाएगा और अधिक दिनों तक सुरक्षित नहीं रह पाएगा। धुले नारियल लच्छे को चीनी की चाशनी में एक से दो घंटे तक धीमी आँच पर पकाया जाता है, फिर उसे चाशनी से अलग कर दिया जाता है। पूरी तरह ठंडा होने के बाद वह खाने के लिए तैयार हो जाता है। इस मिठाई की बिक्री सावन माह से शुरू होकर दुर्गा-पूजा तक अधिक होती है। इसके अलावा इस दौरान पटना के आसपास लगनेवाले मेलों में आनेवाले इस मिठाई को सबसे अधिक पसंद करते हैं और जमकर खाते हैं। कभी मेलों की शान हुआ करती थी यह नारियल लच्छा मिठाई। इसके अलावा मुहर्रम, धार्मिक जलसा, ईद आदि के मौके पर नारियल लच्छा मिठाई की दुकानें सजती हैं। नारियल लच्छा के एक अन्य कारोबारी राजकुमार बताते हैं कि आज से 10-15 साल पहले यह मिठाई केवल दो से तीन माह सावन से लेकर दीपावली तक बनती थी, लेकिन अब यह अनोखी और विशेष स्वादिष्ट मिठाई कमोबेश साल भर बनती है। उनका कहना है कि जिस तरह से बनारस का पेठा और बंगाल का रसगुल्ला प्रसिद्ध है, उसी तरह पटना सिटी की नारियल लच्छा मिठाई प्रसिद्ध है। इस मिठाई को सर्वप्रथम पटना सिटी के दरगाह रोड में बनाया गया था, जो आज उसकी पहचान और शान है।

□□□